帝都あやかし屋敷の契約花嫁

江本マシメサ

ポプラ文庫ピュアフル

CONTENTS

Teito Ayakashi
yashiki no
Keiyaku hanayome

第一章　没落華族令嬢は、あやかし公爵に見初められる

あやかしが夜な夜な思うままに勢力をふるう――帝都《ていと》。

血なまぐさい事件は起きていたものの、それでも世の中は華《はな》やいでいた。異国文化がもてはやされ、帝都に住まう人々は流行の最先端をゆく。政府は欧化政策と称し、異国の文化や風俗を取り入れて国の近代化を図っていた。大規模な区画整理がなされ、ガス街並みも変わりつつある。土を押し固めただけの通りには石畳や煉瓦《れんが》が敷かれ、ガス灯がいくつも立てられた。建物も昔ながらの平屋建てから、美しい白漆喰《しろしっくい》や煉瓦で造られた建築物が目立つようになる。

発令された『散髪令』により、男達は髷《まげ》を切って短髪となった。それに伴い、異国から伝わった服と帽子が急激に広がる。街を歩く着物姿の人々は、減りつつあるのだ。

特権階級とされている華族《かぞく》は孔雀宮《くじゃくきゅう》と呼ばれる絢爛豪華《けんらんごうか》な洋館に招待され、これまで着ていた着物ではなく、ドレスや燕尾服をまとって夜な夜な社交を行う。最大の目的は結婚相手を探すこと。男女ともによりよい未来の伴侶を求めて、ギラギラと目を光らせている。

会場の中できわだつ美貌を輝かせる〝彼女〟も、そのひとり。

猛禽類のように鋭い目で周囲を観察する臈長《ろうた》けき女性がいた。長く美しい金の髪をゆるやかに巻き、品よく流している。髪を結っていないのは未婚女性の証。

猫のようにぱっちりとした目は、キリリとつり上がっている。青い瞳は異国人である母親譲り。長い手足にすらりと高い背は、時に威圧感を与える。男性の平均よりも上背があるのだ。なによりも圧倒的な美貌が周囲の男性を尻込みさせる。そんな彼女の名は久我《こが》まりあ。春に女学校を卒業したばかりのうら若き十九の乙女である。

名家久我家のお嬢様であったが、彼女を突然の不幸が襲った。それは久我家当主であり御上《おかみ》の側近でもあった父親の、突然の失脚であった。巨額の横領が原因だったが、真面目を絵に描いたような父親がそんなことをするわけがない。まりあはそう信じていた。だが、火のないところに煙は立たぬと人々は囁《ささや》く。

久我家の名誉は地に落ち、証拠不十分であるにもかかわらず、伯爵位と財産のすべてが取り上げられてしまった。立派な屋敷を追い出され、まりあは婚約者である波田《はた》野《の》敦雄《あつお》に婚約破棄を言い渡される。彼については子どもの頃からの付き合いで、好きでも嫌いでもなかった。それでも将来の夫として意識していたのに、関係の終焉《しゅうえん》は実にあっけないものだったのだ。

現在は下町のボロ家に一家で移り住み、みすぼらしい生活をしている。父親はしばらく気落ちしていたようだが、落ち込んでばかりもいられない。一家を養うため、働きに出た。だがしかし、生粋の上流階級の生まれであるため職場に馴染《なじ》めず、今日も七社目の解雇を言い渡されて帰ってきた。

本人がそこまで気にせずに、あっけらかんとしている点だけが救いか。

異国出身の母親も海を渡った先にある国に嫁いできただけあって、逆境《ぎゃっきょう》に負けていない。そんなふたりの娘であるまりあも、決して希望を失ってはいなかった。

目指すは玉《たま》の輿《こし》。大金持ちの男と結婚して、両親に再び不自由のない暮らしをさせてあげたい。それだけがまりあの夢である。見た目こそ気が強そうで我《わ》が儘《まま》放題に育ったように見えるものの、心優しい娘であったのだ。

今宵《こよい》が最後の機会である。没落前より、この孔雀宮で行われる夜会には招待されていた。ドレスや宝飾品の数々が取り上げられる中、招待状だけは死守していたのだ。

母親の装飾品を売って馬車を借り、御者を雇う。向かう先は——孔雀宮。

白亜の美しい建物内には赤《あか》絨《じゅう》毯《たん》が敷かれ、数々の美術品で彩られた絢爛豪華な内装である。大理石の螺旋階段を上ると、煌びやかな大広間にたどり着く。水晶の室内灯《シャンデリア》に照らされ、華やかに着飾った男女が音楽に合わせて踊っていた。

孔雀宮の収容人数は二千人ほど。今回の夜会では千人以上が招待されているようだが、見渡す限りそこまでの人数はいないだろう。

夜会は初めてではない。父親や敦雄と共に何度か参加したことがある。だが、今宵は初めてやってきたときよりも緊張していた。なんせ、最後の機会である。

ここに野望を叶えてくれる男性がいるかもしれない。まりあは背筋をピンと伸ばし、ドレスの裾を翻しながら足を踏み入れる。

今彼女がまとっているドレスは女学校時代の友人、小林花乃香《こばやしかのこ》に借りた一着である。花乃香はまりあを心配し、小林家に居候《いそうろう》すればいいと申し出てくれたが、両親を置いてはいけないと断った。

図々しいとはわかりつつも、心優しい友人からドレスを借りて最後の勝負に出たというわけである。

まりあは内心、漁師のような気分だった。マグロのような男を一本釣りしなければならないからだ。鯉《こい》のように滝登りをして最終的に龍《りゅう》になるような男でもいい。両親に裕福な暮らしをさせてあげられる者ならば、誰でもよかった。

けれど、思うように事は進まない。かつては引く手あまただったまりあも、一家《いっか》凋落《ちょうらく》の目に遭った今は誰にも相手にされなかった。

美貌に引き寄せられてやってくる男達は皆、名乗れば愛想笑いを浮かべて去っていく。やはり、結婚は難しいのだろうか。

女学校時代の友人達は、大勢の男性に取り囲まれている。以前はまりあも同じ場所にいたのに、ただ家が没落しただけで状況は天と地ほども変わってしまう。

いいやちがう。取り巻く男達は元からまりあ本人を見ていなかったのだろう。彼らが瞳を輝かせ賞賛《しょうさん》していたのは、歴史ある久我家だった。それに気づいた瞬間、どうしようもなく腹立たしくなる。

誰かが、まりあのほうを見つめて笑っている。微笑みではなく嘲《あざけ》りの笑みだ。没落した家の娘が、ここでなにをしているのかと馬鹿にしているのだろう。途端に、惨めな気持ちがこみ上げてくる。

もう帰ろう、ここは自分がいるべき場所ではない。そう思い、大広間をあとにした。玄関まで続く廊下が果てしなく長いように感じる。どうしてか息苦しくなってきて立ち止まると、休憩するために用意された部屋の扉が僅かに開いているのに気づく。そこから灯りがひと筋の糸のように漏れていた。

「――最っ低!!」

女性の声が聞こえたあと、続けてなにかを叩くような音が聞こえた。

扉が勢いよく開く。紅藤色の落ち着いた色合いのドレスを着た女性が部屋から飛び出してきた。女学校に入る前の、十四から十五歳くらいの年若い娘だ。社交界デビューをするにはいささか若い。おそらく名家の生まれで、早めに結婚相手を決めたいのだろう。鉢合わせしたまりあの存在に気づくと優雅に会釈する。まりあが礼を返すと、そのままなにも言わずに去っていった。

痴情《ちじょう》のもつれか。部屋の中を見ないように通り過ぎよう。そう思っていたのに、男がぬっと廊下に顔を出す。

今の時代に珍しい、着物に袴を合わせた姿だ。本日の夜会で見かけた男性はほぼ燕尾服姿だった。和装で参加していた人などいただろうか。

年頃は二十代半ばほどに見えた。気だるげな雰囲気のまま、まりあの前に現れる。眠たいのか、垂れた目は今にも閉じそうだ。ただ、その奥にある黒い瞳はじっとまりあを見つめて離さない。

端整な顔立ちをしており、和装がよく似合う青年であった。当然ながら彼に見覚えはない。それなのにじろじろと不躾な視線を向けられている。

「な、なんですの？」

「あまりにもきれいなものだから、見とれてしまって――ああ、失礼。名乗る前にべらべらと喋るものではないね」

青年が一歩、二歩とまりあに近づく。ふわりと白檀《びゃくだん》の匂いが鼻先をかすめる。

人の死の匂いだとまりあは思った。

「僕は、山上装二郎《やまがみそうじろう》。山上家の当主だよ」

「やま、がみ……や、山上ですって!?」

山上家。それは国内でも五本の指に入るほどの名家である。公爵の爵位を賜り、帝都に大きな屋敷を持つ名門一族だ。ただの名門一族の子息であれば、まりあはここぞとばかりに笑顔で自己紹介をしていただろう。けれども、山上一族と関わる気はいっさいなかった。

なぜならば、彼らは帝都にはびこるあやかしのお頭と言われているから。おまけにここ最近、不穏な噂も流れている。それは、山上家の当主が花嫁候補を連れ帰り、血肉を啜《すす》っているというもの。ただの噂話ではない。実際に、結婚適齢期の娘達が行方不明になって見つかっていないのだ。山上家の大きな屋敷の中に連れ込まれ、広大な所有地の中に死体を隠されたら見つけるのは困難だろう。あの帝都警察でさえも、証拠がない状況では立ち入ることは難しいと聞いていた。

山上装二郎――彼は現在の、山上家の当主だと言う。なにか引っかかる点があったのか、名乗ったあと「あ！」と言って口を塞いだ。

「どうかなさいましたか？」

「いや、なんでもない。それよりも、君の名前を聞かせてくれるかい？」

そう問いかけられた瞬間、反射的に駆け出していた。嫌な予感がしたからだ。こういう勘は、幼少期から外れた覚えがなかった。きっと彼に関わったら、とんでもない目に遭う。一瞬で判断し、逃走した。

女学校時代は運動部に入らないかと勧誘されたほど、まりあの足は速い。逃げきる自信はあったのに、ちらちらと振り返ると装二郎はつかず離れずの距離で追いかけてきている。まさかここまで猛追してくるなんて、想定外だった。

玄関から庭へと駆け抜けていくと、視界の端に上品な花が映る。酔芙蓉《すいふよう》が満開だった。ちょうど盛りのようで、艶やかな薄紅色の花を咲かせている。

酔芙蓉の花言葉は、〝幸せの再来〟。なんて、気にしている場合ではなかった。

外は肌寒い。それにドレスだと走るのは不利だ。人気《ひとけ》のない庭を見て、逃げる方向をまちがったとまりあは奥歯を噛みしめる。人がいるほうに行って、助けを求めるべきだったのだ。

一方で、装二郎は袴姿であることをものともせず、どんどん迫ってくる。

もう体力は限界。誰もいない噴水広場に膝をついた。

すぐに追いついた装二郎に向かって、肩で息をしながらまりあは問いかける。

「ど、どうして、追いかけてきましたの？」

「なんていうか、狩猟本能？」

逃げるものは追いたくなるなんて犬か。思わず口にしそうになったものの、相手は山上家の当主だ。喉まで出かかっていた言葉をごくんと呑み込んだ。

「まだ、名前も聞いていなかったし」

「名乗るほどの者ではありませんわ！」

皆、久我家の者だと口にすれば去っていった。また、あのような屈辱を味わうつもりは毛頭ない。

「君――」

ドレス姿で蹲《うずくま》るまりあの前に、装二郎は膝をつく。いったいなにを言うつもりなのかと身構えてしまった。

「とってもいいね！　足が速いし、健康そうだし、なにより僕に物怖じしない。最高だ！」

「は？」

ひゅう、と北風が吹く。いったいなにを言っているのか。まりあは疑心たっぷりの視線を装二郎にぶつける。彼はまりあの手をうやうやしく握り、キラキラした瞳でのたまった。

「僕の、花嫁になってほしい！」

「なんですって？」

「結婚してほしい」

一瞬、頭の中が真っ白になる。が、すぐにはっと我に返った。

山上家の当主が、まりあと結婚してほしいという。社交界という大海へマグロを狙ってやってきたまりあであったが、うっかりクジラを釣り上げてしまった。

どうしてこうなったのだと、月を見上げて嘆く。

「あ、もしかして君、婚約者がいるの？」

婚約なんて、疾《と》うの昔に破棄された。まりあはあの日の記憶を思い出し、遠い目をする。

元婚約者の敦雄は名家、波田野家の次男。親から引き継ぐ財産や爵位はないため、久我家に婿入りすることになっていた。長子相続制度は、三十年ほど前から女性にも適応されている。戦争で男の数がぐっと減り、凋落していく華族が増えたからだ。父親の爵位を継ぎ、まりあは女伯爵、敦雄はその伴侶となる予定だったのである。

婚約破棄は突然だった。敦雄はまりあを喫茶店《カフェー》に呼び出し、君とは結婚できない、と一方的に告げたのだ。そして、まりあが頷くとそそくさと去っていった。

彼は幼少時から慎重な性格の男だったように思える。いつもいつでも、うまく立ち回っていた。婚約破棄したときも、実に淡々としているように見えた。

もうなにもかも終わった話だ。今のまりあには婚約者なんていない。

「どれくらいお金を出したら、先方は婚約の取り消しに応じてくれるかな？」

沈黙を肯定と取ったのか、信じがたい発言をした装二郎にまりあは瞠目《どうもく》した。婚約を金で解消させると、装二郎ははっきりそう言った。なんて下品な男なの——と思ったところで、ふと我に返る。まりあ自身も、両親のために財産を持つ男をあさりに夜会へ参加していたのだ。同じ穴の狢《むじな》である。

装二郎は手を差し出したが、まりあは無視して自ら立ち上がった。それを見た装二郎は手を引き、愉快だとばかりに目を細める。

「わたくし、婚約者はおりませんの」

「だったら僕の花嫁に――」

顔を上げるのと同時に、まりあは装二郎をキッと見上げる。そして、物申した。

「ひとつ、条件がございます」

「なんだい?」

「両親の援助をしてほしいのです」

「ご両親、なにか商売をしているの?」

「いえ……」

自分達の力では、とても生活なんてできない。それを自ら口にするのはとてつもなく恥ずかしいこと。けれど、あばら屋に住む両親なんて見ていられない。まりあは自尊心をかなぐり捨てて、装二郎に告げる。

「わたくしの名は、久我まりあ」

「ああ、久我家の。なるほど、なるほど……」

名家である久我家の没落を知らない華族はいないのだろう。多くを説明せずとも、装二郎は理解したようだ。

「我が家に、財産はなく――」

「うん、わかった。君が僕の妻となってくれるのであればご両親を支援しよう」

「本当に？」

「ああ、嘘は言わないよ。その代わり、我が家のしきたりのすべてに従ってもらうけれど、いい？」

あやかしを匿う変わり者の一族、山上家。年若い娘を拐《かどわ》かし、血肉を啜る当主――なんて噂が流れているが、目の前にいる装二郎からおぞましい気配は感じない。

おそらく、裕福な山上家を妬んで広まったただの噂話なのだろう。けれども、この世においしいばかりの話なんてない。山上家には、〝なにか〟があるのだ。

装二郎は一見おっとりぼんやりしているが、まりあを見つめる瞳に隙はない。さすがにあの山上家の当主を務めるだけある。

「しきたりというのは、噂にあるような、あやかしを家に匿っているというものですの？」

「うーん、まあ、そうだけれど」

驚くことに装二郎は否定しなかった。

あやかしは人々を襲う悪しき存在である。昔から、そう言われていた。

女学校時代もあやかしの悪行の数々を習い、ぞっとしたのを覚えている。今の時代、退魔の術式のひとつでも覚えていないと生きてはいけない。そんな思念から、まりあは女学校で陰陽《おんみょうじ》師が扱うような呪術を習っていた。

陰陽術の授業でまりあは才を発揮し、女学校始まって以来の呪術の使い手とまで言われていた。学年首位の成績で、陰陽寮《おんみょうりょう》からも声がかかったほどである。

「わたくし、陰陽術を少しだけ使えますの。もしも襲ってきたら、祓《はら》ってしまうやもしれません」

「ああ、それは大丈夫。うちにいるのは傷ついたあやかしばかりだから」

「傷ついたあやかし？」

「そう。人と同じようにね、あやかしにも善い奴と悪い奴がいるんだ」

人々はあやかしをまとめて悪しき存在だと決めつける。そのため、見つかると問答無用で祓われてしまう。山上家では傷つき、息も絶え絶えとなった善きあやかしを保護しているのだという。

「なぜ、そのようなことを？」

「ご先祖様が、善いあやかしに救われたことがあるんだって。それで我が家では代々、善いあやかしを保護しているんだよ」

「そういうわけでしたのね。でも、どうしてそれを周囲に説明していないのです？」

山上家にまつわる噂はおどろおどろしく、残忍なものとして広がっている。社交界にも滅多に顔を出さないいため、広がった噂話はいつまで経っても払拭されない。

「それはわざとなんだよ。財や歴史、爵位のある家には、下心を持って近づいてくる奴らがいる。しかし、危険なものに手を出していたら怖がって距離を置くだろう？」

「なるほど」

理にかなっているとまりあは思う。下心を持って近づく輩には覚えがあった。それは元婚約者である。敦雄とは長年をかけて信頼を築いてきたつもりであったが、その関係はあっさりとなくなった。まりあと敦雄を繋いでいたのは、久我家の持つ財と歴史、爵位だったのだ。

「もしも、あやかしが襲いかかってきたら自慢の呪術で祓えばいい。その点は許しよう。結婚の際に結納返しも必要ない。身ひとつで嫁いできてほしい」

――だから、僕の花嫁になってくれ。

装二郎はやわらかく微笑みながら言った。彼は、まりあの家柄を見て結婚を決めたわけではない。健康と足の速さを評価したのだ。没落してからまりあ自身を見てくれた初めての男性である。悪い気はしない。

それに、彼は大金持ちで両親を支援してくれるという。これ以上ない結婚の条件である。まりあは差し出された手に指先を重ねた。

その瞬間、手を引かれ抱きしめられる。驚いたまりあは、自慢の握力を使って装二郎を押し返す。そして見事な平手打ちを決めてしまった。

パン！　という乾いた音が庭に響き渡った。

装二郎は目を丸くする。まりあははっと我に返ると、じんじん痛む自らの手を握りながら言い訳を口にした。

「結婚前にこのように接触するのは、はしたない、ですわ……！」

未婚女性は男性に触れてはいけない、と女学校で習ったのだ。抱擁はもちろんのこと、手を繋いだり、肩が触れるほど密着して歩いたりするのもはしたないと言われている。

だが、平手打ちはやりすぎたかもしれない。謝ろうとしたら先に装二郎のほうが頭を下げた。

「その、すまなかった。君に触れたいから早く結婚しよう」

「…………」

もしかしたら結婚を断られるかもしれないと思ったが、心配はいらないようだった。

一年間の契約をしようと、装二郎から提案を受ける。

「え……？　け、契約って、なんですの？」

「君が山上家に適応できるかどうかを見極めるための契約だよ」

あやかしを匿う家は普通ではない。一年間、その環境の中でまりあが暮らしていけるのか確かめたいのだという。

「もしも、適応できなかったら？」

「住まいを本邸から別邸に移す。それから妾《めかけ》を家に置くことを許してほしい。後継者を残すのは、当主の役割のひとつなんだ」

「婚姻関係を解消するわけではありませんの？」

「もちろん。没落した久我家の娘にたった一年で離縁状を突きつけたとなれば、山上家の名が廃《すた》ってしまう」

いいことばかりを話すわけではない。きちんと自身の保身についても正直に告げてくれる。まりあは装二郎に対して、ほんの少しではあるが好感を抱いた。

「契約期間中は、本当の夫婦《めおと》になるつもりはない」

「しかし先ほど、わたくしに触れたいとおっしゃりませんでした？」

「あ、言った気がする。参ったな……」

装二郎はゴホンと咳払いし、言い直した。

「契約期間中は君に触れるかもしれないが、子どもの誕生に至る行為はしない」

「それは、どうして？」

契約期間を終えて、適性がなくとも婚姻関係は続く。それならべつに子どもがいても問題はないのではないか。まりあは問いかける。

「我が家が欲しているのは、強い遺伝子なんだ」

「強い、遺伝子？」

「ああ。何事にも屈しない、不屈の精神を持つ子が欲しい」

山上家に身を置いていたら、想定外の事件に巻き込まれる可能性がある。そういうときに、動揺するような後継者はいらないと装二郎は言った。

「親の気性は子に引き継がれる場合が多い。それに、子は親の背を見て育つと言うからね。さきほどの君の反射神経はすばらしいものだった」

「わたくしの反射神経?」

なにを言いたいのかわからず、思わず聞き返してしまう。同時にジロリと睨んだが、装二郎は微笑むばかりであった。

「そう。僕を見て逃げ出した咄嗟の判断。それから、抱擁したあとの強烈な平手打ち。このふたつは大変すばらしいものだよ。通常、弱い者は不測の事態に対応できないんだ。もしもなにかあったときに反射的に動けなかったら、どうなると思う?」

「あなたが残忍な殺人鬼であったならば、わたくしは殺されていたでしょう」

「大正解! 君は本当にすばらしい」

まりあは自己防衛本能がたいそう優れていると、装二郎は評する。男性の抱擁を振り払えるほど力があるのも頼もしいと。

女学校時代、握力が強いのを、まりあはひそかに気にしていた。男に匹敵——いいや、それ以上の力だと教師から言われてしまったのだ。なるべく隠して生きよう。そう思っていたのに役に立った。

人生、なにが起こるかわからないとしみじみ思う。

「まあ、そんな感じで、山上家は強い花嫁を欲していたというわけ。見たところ、君は適性がおおいにありそうだけれど、一族の決まりでは一年適性を見なければならない。悪いけれど付き合ってもらうよ」

「ええ、わかりました」

一年間の契約について、まりあの両親には話さないらしい。余計な心配をかけたくなかったので、了承した。

利害の一致により、まりあは装二郎と、結婚という契約を交わす。

これからどうなるのか、まったく想像もつかなかった。


後日、装二郎がまりあと両親の暮らすあばら屋を訪問することになった。

中心街にある喫茶店でと提案したが、装二郎があばら屋を見たいと笑顔で言ってきたのだ。失礼な男だと憤慨したものの、久我家の状況を理解してもらうのにちょうどいいと判断し、訪問を許した。

夜会から一週間後。帝都で有名な老舗和菓子店のぼたもちを手にやってきた装二郎は、くたびれた着物姿のまりあを見ても驚かなかった。ただ、先日会ったときよりも、さらにぼんやりしているように見える。今にも眠ってしまいそうだ。

年季の入った畳四枚半の空間に、ちゃぶ台が置かれただけの貧相な部屋。そこで、結婚についての話が取り交わされる。装二郎はあばら屋の内装に奇異の目を向けることなく、襤褸《ぼろ》の座布団の上にすとんと座り込んだ。

「やや、装二郎君といったか。よく来てくれた」

「お招きにあずかり、光栄です」

彼はあくびをしつつ「三段目は大判小判が入っております」などと言って土産を差し出すものだから、すぐにまりあは突き返した。装二郎はのんきに笑いながら「冗談だよ」とのたまう。まったく冗談に聞こえないので、まりあはおおいに腹を立てた。

「こういうときはお主も悪よの、と言って受け取るんだよ」

「なんですの、それは？」

「やや、それは将軍商家物語ですかな？」

「お義父《とう》様、大正解です！」

将軍商家物語――市井《しせい》の悪を商人に扮した将軍が捕まえる、帝都で流行っている時代小説らしい。まりあは読んだことがないので反応できなかったのだ。

まりあの父親は装二郎と同じくらい、否、それ以上ののんき者なのだ。その隣で、母も「ふふふ」とおっとり微笑んでいる。まりあひとりだけがピリピリしていた。

建て付けの悪い障子が、ガタガタと音を鳴らしながら開く。没落してからも無償で久我家に通ってくれている召し使いのアンナが珈琲を持ってやってきた。それは、無造作に自生する蒲公英《たんぽぽ》からまりあがつくったものであった。装二郎はにこやかに蒲公英珈琲を飲む。口に含んだ瞬間咽《むせ》ていたが、一瞬首を傾げただけで味には言及しなかった。

夜会から帰宅し報告した際、彼との結婚についてまりあの両親は喜んでいた。山上家が名家だからというよりは、まりあが不自由ない生活を送れるであろうことを喜んでくれたのだ。この辺は、似た者親子だったわけである。

「というわけで、結納返しはいりません。彼女が身ひとつで嫁いできてくれたらと思っています」

あとは両親が頷くだけ。そう思っていたが、まりあの父親は想定外の反応を示す。

「いいえ、そういうわけにはいきません。まりあは私達の大事な娘です。なにも持たせずに、お預けするわけにはいかないのです」

そう言いながら、ちゃぶ台の下から風呂敷包みを取り出す。そこには、五本もの金塊が包まれていた。まりあは大きな瞳が零れるのではと思うくらい、目を見開いた。

「お、お父様、こちらは？」

「お祖父《じい》様が、なにかあったときのためにって、山に埋めていたんだ。浪漫《ろうまん》だよねえ」

この金塊があれば、あばら屋暮らしなんてしなくてもよかったのに。

「どうしてこんなものを、隠し持っていたのです!?」

「まりあが結婚するときのためにと思っていたんだよ。没落した家の娘でいい。そういう気骨《きこつ》がある男性がやってきたら、渡そうと話しあっていたんだ」

幸せにおなり、と父は言う。横に座る母も大きく頷いていた。まりあの眦《まなじり》から、ずっと我慢していた涙が零れる。

「まりあにはずっと、世界一幸せな花嫁になってほしいと思っていたんだ」

「わたくしは、お父様とお母様にも幸せになってもらいたいのに」

「大丈夫。私達はね、まりあがどこにいても元気でいてくれたら、いつだって幸せなんだよ」

「そんな……!」

金塊を自分達の生活を整えるために使わなかったまりあの両親は、装二郎の申し出た支援にも頷かなかった。

「いやはや、恥ずかしい話、これまで七回も仕事を解雇されてね。帖尾《ちょうお》君――前職の知り合いが紹介してくれたんだけれど、残念ながら続かなくって。でも、今、お豆腐屋さんで働いていてね、大豆を洗っているんだよ。毎日豆腐を貰えるし、親方には怒鳴られているけれどいい職場なんだ」

妻ひとりならば十分に養える。いつかアンナに再び給料を渡すのが夢だと父は語った。

「装二郎君、まりあをお願いします。一見、頑固に見えますが、情に脆く、優しい娘なんです」

差し出された金塊を、装二郎は恭しく手にする。まりあの両親の気持ちごと受け取ったのだろう。

まりあは今、この瞬間、嫁ぐことに対しての悲しさと寂しさを覚えたのだった。

朝、まりあは庭にある井戸の前で洗濯を行う。このあばら屋へ越してきてからの日課だ。井戸から水をくみ上げ、たらいに移した。

水に洗濯板と洗濯物を浸し、粉末石鹸を振りかけてごしごし洗う。

まだ冬とは言えないものの、井戸の水は信じられないくらい冷たい。手を動かすたびに、指先が悲鳴を上げた。関節の部分はぱっくりとひび割れている。保湿液を買う余裕なんてないのでいっこうに治らない。洗濯は、かつては召し使いの仕事であった。三日に一度やってくるアンナ以外を解雇したため、自分達でしなければならない。

幸い、まりあは女学校時代に家事をひととおり習った。召し使いを侍《はべ》らすお嬢様達にはまったく必要のない技能だが、慈善活動の際に家事を覚えていたほうがよいという考えのもと、授業に組み込まれていたのだ。

異国で姫君のように育った母親に洗濯をさせるわけにはいかない。本人はやる気であったものの、まりあの仕事だと主張し毎日行っていた。

アンナは結婚し、家庭のある身である。幸い、彼女の夫は医者であり、今の久我家よりずっといい生活をしている。だからアンナは無償で通ってくれているのだ。その昔、孤児だったアンナをまりあの母が身元引受人として引き取った。それを恩に感じて、今でも仕えてくれているのだった。

洗った服の水分を絞り、庭先に干す。本日は曇天で、一日干していても乾きそうにない。せめて、二枚しかない父親のふんどしだけは乾いてほしい。曇り空を見上げ、まりあはささやかな願いを神に祈る。

ふと、まりあは気づいた。まりあの結婚後、アンナが三日分まとめて洗濯してくれるというが、果たして大丈夫なのか。洗濯を行うのが三日に一度になったら、父のふんどしが足りなくなってしまう。ふんどしがなく、ションボリする父親の姿が脳裏に浮かんだ。

このままではいけないと急いで部屋に戻り、浴衣を解いてふんどしをせっせと縫ったまりあなのだった。

太陽が照らないまま迎えた昼下がり。塀の周囲の枯れ葉を掃いていたら、近づいてくる人影に気づく。手に杖《ステッキ》を持ち、山高帽《やまたかぼう》に昼用礼装《フロックコート》をまとう紳士である。

　まりあと目が合うと、帽子を脱いで会釈した。年の頃は四十代半ばくらいだろう。口髭を生やした厳格そうな雰囲気の彼は、父親の知り合いか。まりあもぺこりと会釈する。

「君は久我さんの娘のまりあさん、かな？」

「はい、そうです」

「初めまして、か。俺は父君の友人の帖尾という」

　帖尾――帝国になる前は武家として名を馳せ、最後の将軍に仕えていた一族。現在は士族の位を賜り、御上に仕えている。なんて話を、まりあは父親から聞いていた。

「父にご用でしょうか？」

「ああ、そう。以前紹介した仕事を解雇されたという話を耳にしてやってきた」

　新しい仕事の斡旋《あっせん》に来てくれたという。

「今、父は不在でして」

「それは残念だ」

　会話が途切れ、まりあはどうしたものかと思う。あまり出しゃばって説明するのもどうかと思ったが、せっかく来てくれたのだ。軽く、事情を話すことにした。

「その、父は仕事を新しく見つけまして、現在は新しい就職先で働いております」

「そうだったのか。ならば、言ってくれたらよかったのに」

「七回もお世話になったので、申し訳ないと思ったのかもしれません」

「そうか。ではまた、来る」

帖尾は山高帽を被り直すと、杖を軽く掲げてから去っていく。入れ替わるようにして、装二郎からの包みが届いた。中身は今日の新聞だ。なにか欲しい物はないかと聞かれ、まりあは装二郎が読んだあとの新聞を望んだのだ。

貧しい久我家には新聞を取る金さえない。以前までは、アンナが三日分まとめて持ってきていたものを読んでいた。

軒先に座り、新聞を広げる。一面で報じられていたのは、うら若き女性があやかしに襲われて死亡したという事件であった。現場は、女学校時代に馬車で毎日通っていた場所である。ゾッとしてしまった。

指先で文字を追い、最後にため息をひとつ零す。結婚したらあやかしと同居しないといけないのだ。果たして山上家の嫁が務まるものか、心配になる。

装二郎曰く、あやかしには善き存在と悪しき存在がいるという。それは本当なのかいまいち信じられずにいた。

新聞をめくっていると、一枚の便箋《びんせん》が差し込まれていた。ふわりと、沈丁花《じんちょうげ》の品のある甘い香りが漂う。おそらく、香りを焚きつけてあるのだろう。

便箋には美しい文字でひと言、「会いたい」と書かれてあった。見た瞬間、まりあは顔が熱くなっていくのを感じた。冷えきった指先で、頬を冷やす。

便箋を小さく折り曲げ、帯の中に差し込んだ。ぶんぶんと首を振り、脳内で微笑む装二郎を追い出す。新聞の頁を捲ったが、ずっと沈丁花の香りを感じてしまう。紙に移ったのだろう。

冷たい風がぴゅうと吹いた瞬間、はたと我に返る。もし父が帰宅していたら、装二郎から届いた新聞を、先に渡していた。今日は偶然帰っていなかったので、まりあが先に読んだのだ。装二郎の手紙を、父が読んでいたら――!?

ぞっとする。明日からなにかいらぬものが挟まっていないか確認しなければと冷や汗を掻く。

まりあはすぐにペンを取り、装二郎へ手紙を書いた。新聞紙の中に手紙を挟むなという抗議文である。

これがきっかけで、まりあと装二郎は毎日文を交わすようになった。

帰宅した父親に、帖尾がやってきたことを伝える。

「帖尾君が来たのか。いやはや、悪いことをしたな」

「約束はしていなかったのでしょう?」

「そうだよ」

「だったら、悪く思う必要はないかと思います」

お人好しがすぎると呆れてしまうが、そこが父親のいいところなのだろう。穏やかな性格で、激昂《げきこう》したところを見たことがない。まりあが尊敬する人のひとりだ。

「帖尾君、まりあになにか言っていたかい？」

「いいえ、わたくしにはなにも」

「そうか……」

なんだか意味ありげな父親の態度に、なにかあったのかとまりあは問い詰める。

「いや、ずっと話そうかどうか迷っていたんだけれど、敦雄君と婚約する前に、帖尾君とまりあの結婚話が浮上してね」

「まあ、そうでしたの。どうして断りましたの？」

「いや、二代続けて、華族でない者と結婚するのはどうかと思ってね。まあ、政略的な問題だったんだよ」

まりあの母親は異国出身の貴族の娘である。父親が外交官で、十一歳のときに帝国へやってきた。十五歳のときにまりあの父親と孔雀宮で出会い、互いに引かれ合う。ただ、華族と貴族の娘の結婚は前例がなく、当然反対もあった。それを強引に押しきって結婚したのだ。

「あのとき、たくさんの人達に迷惑をかけたからね」

「身分社会ですから、仕方がありませんわ。それに最近は、華族と士族の結婚はほぼないと言っても過言ではありませんから」

その昔、帝国が誕生した際に、それまであった身分制度はなくなった。代わりに、華族、士族、平民という新しい身分が割り当てられた。公家や大名は華族、上級武士は士族、それ以外は平民と名乗るように命じられたのだ。

華族と士族の結婚は認められているものの、ここ最近は、華族は華族と縁を結ぶべきだと主張する者も多い。

まりあの父親は長いものには巻かれる性格のため、まりあの夫は華族の男性から選ぼうと決めていたようだ。

「黙っていて、悪かったね」

「いいえ」

「山上家との縁談がまとまりそうで、よかったよ」

「本当に」

これからどうなるのか、わからない。頑張るしかないのだとまりあは思った。

山上家への輿入れは一か月後に決まった。装二郎は今すぐにでもと言っていたものの、いろいろと準備があるので難しいと親族から言われてしまったらしい。

一か月後でもかなり早いほうだろう。

通常は幼少時代に婚約を結び、少しずつ少しずつ、嫁入り道具を準備するのだ。まりあの父や母が厳選に厳選を重ねた家具や着物、装身具などは、すべて取り上げられてしまった。中でも着物は、まりあが母と一緒につくった物もあった。思い出すと悔しくてたまらないが現状を受け入れるほかない。

両親との生活も、あと少し。なにか親孝行をと思ったものの、家事に追われ、浴衣や着物を解いて繕いものをしていたらすぐに一日が終わってしまう。

結婚する日まで、午前中だけでも喫茶店の女給として働けないかとこっそり面接を受けたが、久我家の娘だとわかった途端に追い出されてしまった。世間では、御上の財産を横領した悪徳華族として名が広まっているのだ。

いったい誰が、まりあの父親を蹴落とすような真似をしたのか。絶対に許せない。怒りが込み上げる。

そんなわけで、まりあができる親孝行といったら父に肩揉みをしてあげること。それから、母の背中を流してあげることしかなかった。人のいい両親は眦に涙を浮かべ、「まりあはなんて親孝行な娘なんだ」と褒める。そのたびに、もっと両親と共に暮らしたいと強く思ってしまう。ただ、まりあがいたら経済的負担となるだろう。親離れをしなくては。けれども、嫁ぐその日まではもう少し子どもでいたい。

　まりあは両親と過ごす時間を、一秒一秒大事に過ごした。


　とうとう、輿入れする前日となった。まりあは明日、三か月もの間生活したあばら屋から山上家へと嫁ぐ。

　神前式は行わないようで、挙式もせず装二郎の妻となる。式をすると悪しきあやかしが花嫁の顔を覚え、連れ去っていく。そんな謂《い》われがあるようだ。

　白無垢《しろむく》に憧れはあったものの、連日起こるあやかしによる殺人事件を思い出し、ぶんぶんと首を横に振る。危険な芽は、小さなものでも摘んでおく必要があるのだろう。

　結婚してからも軽率な行動は取らないようにしなければ。山上家の花嫁になるにあたり、迷惑をかけてはいけないと改めて思った。

　両親と過ごす最後の夜――ささやかながら、おかずをひと品増やしてみた。焼いたイワシにサトイモの煮っ転がし、豆腐の味噌汁と、それから白米。これでも没落した久我家にとってはごちそうなのだ。かつては食べきれないほどの料理が食卓に並んでいたが、それも過去の栄光である。

「肉のひと切れくらい、買えたらよかったんだけれどなあ」

「お父様、畑のお肉があるではありませんか」

まりあは豆腐の味噌汁を差し出しながら父に言う。

「それもそうだな」

没落前はこうやって家族が食卓に揃うのは稀《まれ》だった。父は毎晩のように会食に招待され、母も婦人会の付き合いがあった。まりあが独りで食事をするのも珍しくなかったのである。今は食事の品数は減ったものの、家族で和やかに過ごす時間は増えた。

だからといって、没落がよかったとは言えないが……。

食後、まりあは手づくりの寝間着を両親に贈った。

「わたくしの着物や浴衣を解いてつくったものです。お気に召していただけたら、嬉しいのですが」

母には豊かさを象徴する雪模様の寝間着を、父には長寿、夫婦円満の意味がある鶴と、厄除けの意味合いを持つ麻の葉模様の着物を合わせてつくった一着を贈った。ふたりとも、寝間着を広げて嬉しそうにしている。頑張ってつくってよかったと、まりあは心から思った。

「まりあ、私達からも、贈り物があるんだよ」

「え？」

ちゃぶ台の下から、ベルベットのリボンが巻かれている大きな箱が出てきた。愛情という贈り物をたくさん受け取っているのに、これ以上なにを与えるつもりなのか。

両親はキラキラとした瞳を向けている。早く開けてほしいのだろう。

ベルベットのリボンを解いて蓋を開いた。中に入っていたのは、純白のドレス。胸元にはレースと真珠が縫い付けられ、袖や裾にはフリルがあしらわれた瀟洒《しょうしゃ》な一着である。

「え、これは――!?」

どう見ても婚礼用のドレス。母の故郷で着る伝統的な婚礼衣装だという。純白のドレスには、まっさらな気持ちで新しい人生を歩むという意味と、花嫁を愛する者達の気持ちが込められているそうだ。

なんでも、ドレスの型だけ洋裁店でつくってもらい、縫製とレースや真珠を縫い付ける仕上げは父と母、それからアンナの三人で行ったようだ。

家族の愛が、これでもかとこもったドレスである。

「まりあは着物も似合うけれど、ドレスも似合う。自信を持って着ていくといい」

「お父様、お母様……ありがとうございます」

まりあはドレスを胸に抱き、自分は世界一幸せな花嫁だと思った。

翌朝、純白のドレスをまとったまりあのもとに、相変わらず半分寝かかっているようにしか見えない装二郎が迎えにやってきた。出会ったときと同じく、白檀の香りをまとっている。よくよく嗅いでみたら、線香の白檀とは異なることにふと気づく。

「旦那を羨ましく思うくらい、きれいな花嫁さんだ」

「他人事のように言って。今からあなたに嫁ぐのですけれど」

「そうだったね」

召し使いしか来ないと思っていたのに、当主である装二郎が直々にやってきたので驚く。手紙に書いてあった「会いたい」という言葉は本当だったようだ。

「もしかして、ここまで歩いていらしたの？」

「まさか」

山上家の大きな馬車は、あばら屋の前までは入ってこられなかったらしい。大通りで待っているという。

「さあ、ご両親にお別れを」

「え、ええ」

両親は眉尻を下げ、まりあを見つめていた。今にも泣きそうである。まりあの涙は昨日のうちに涸れ果てていて、ここでは流れなかった。

泣きながら嫁ぐなんて不安に思うだろう。だから笑顔を浮かべる。

「お父様、お母様、これまでお世話になりました」

「幸せになるんだよ」

母はまりあをぎゅっと抱きしめる。抱き返したあと、母は小さくなったと思った。

否、母が小さくなったのではなく、まりあが大きくなったのだろう。

「お母様、お父様をよろしくお願いいたします」

「ええ」

母から離れたあと、装二郎はまりあの肩をそっと抱いて口を開いた。

「なにがあっても、彼女のことは絶対に守りますので」

思いがけない言葉に、両親は深く頭を下げたのだった。

こうして、まりあはこの瞬間から装二郎の妻となる。

果たしてこれからどうなるのか。それは神のみぞ知るのだろう。

第二章 契約花嫁は、山上家のあやかしと出会う

装二郎の出した合図で、馬車は動きはじめる。山上家の黒い馬車は外から見たときは地味な印象だったが、内装は絢爛豪華。窓枠や羽目板は金の精緻《せいち》な細工で縁取られ、革張りの座席に落ち着いた風合いの床が張られている。走っても振動があまり伝わらない上等な馬車だ。

「あ、そうだ。結婚したんだから、まりあの隣に座ろう」

突然名前を呼び捨てにされて、まりあはギョッとする。両親に送り出された瞬間から装二郎の妻となったのだからおかしな話ではないが、夫婦となったからといってすぐに受け入れられるものでもない。そんなまりあの困惑に気づかない装二郎は、どっかりと隣に座った。

先ほどよりも白檀の香りを強く感じる。やはり、線香用とは異なり甘さが強い。使用人が服に香《こう》でも焚いているのだろうか。

一時期女生徒の間で、ちりめん生地でつくった匂い袋を袴帯にぶら下げるのが流行った。装二郎は、見たところ匂い袋を持っている様子はない。香を焚きつけているか、もしくは匂い袋を懐に忍ばせているのだろう。

せっかく夫婦となるのだ。好きな香りについて把握しておきたい。勇気を振り絞って聞いてみる。

「あの、あなたのその香り――」

「すう、すう、すう」

「は!?」

我が目を、耳を疑う。一瞬のうちに装二郎は腕を組んで眠っていたのだ。馬車がガタガタ揺れても微動だにしない。いったいどういう神経をしているのか。

それよりも、花嫁を迎えた瞬間に眠る夫なんているのか。まりあは昨晩、緊張してほとんど眠れなかったというのに……。

自分だけ意識しているようで馬鹿みたいだと思う。まりあも腕組みし、装二郎の屋敷に到着するのを待った。

舗装されていない道を通り過ぎ、大通りへと出る。そこから先は石畳だった。ガス灯が並び、真新しい異国文化を取り入れた建物が並んでいる。ほんの三か月前まで見慣れていたはずの景色だが、まるで、異世界へ迷い込んだようだとまりあは思った。

馬車は走る。善きあやかしを匿っているという、山上家の屋敷を目指して。

華族の家が並ぶ住宅街の通りに入った。豪壮《ごうそう》な武家屋敷が並んだかと思えば、煉瓦の洋館も確認できる。しばらく走ると、あるところから漆喰の塀が延々と続く。相当広い屋敷なのだろうと考えていたら、立派な門扉の前で馬車が停まった。どうやらここが山上家の屋敷らしい。ここで、装二郎が目を覚ます。

「ん、着いた?」

「みたいですわね」

先に装二郎が降りて、まりあに手を差し伸べてくれた。半分以上目が閉じているこの男の手を取っていいものか、不安になった。逡巡《しゅんじゅん》は一瞬のことで、まりあは腹を括って装二郎の手を握る。思いのほか力強く引き寄せられ、地上にふわりと着地する。

「ありがとうございます」

「いえいえ」

そのまま手を離さず門を潜った。高くそびえる松の木が並び、遠くのほうには離れが見えた。あれは、茶室か。どこからか鹿威《ししおど》しの音が聞こえたので、池があるのかもしれない。続いて、ぽつぽつと咲いた椿が目に付く。きっと真冬になったら、満開になるのだろう。

しばらく歩くと、瓦屋根と軒先が見えてきた。これまで洋館で育ったまりあにとって、初めて足を踏み入れる和風の豪邸である。

「今日からここが、君の家だ」

あくび混じりに言われ、気が抜けてしまう。名家への嫁入りなので、久我家の恥にならないように振る舞わなくては。そう思っていたのに脱力しそうになる。

ふいに、庭のほうから気配を感じて振り返った。

「まりあ、どうしたの?」

「なにかが、こちらを見ていたような気がして」

「ああ、鎌鼬《かまいたち》じゃないの？」

「か、かまいたち？」

鎌鼬が理解できず、復唱してしまう。

「手が鎌状になった鼬のあやかしだよ。うちで庭師として働いているんだ」

装二郎の説明で、ようやく合点がいった。

「あやかしが庭師？」

「そう。我が家で働いている使用人は全員、あやかしなんだ」

「な、なんですって⁉」

人間の召し使いはひとりもいないらしい。あやかしを匿っているとは聞いていたが、まさか使用人まであやかしとは。

「怪我が治ってからも、住み心地がよくて居着いてしまうんだよね。帝都の夜は危険だから、昔から山上家の者達は許しているんだ」

本当にそれで生活できているのかと問いかけると、装二郎はなにも答えずに「ははは」と笑いながら、引き戸を開く。まりあはごくんと、生唾を呑み込んだ。

ろくろ首、ひとつ目小僧、口さけ女、火車などなど、世にも恐ろしいあやかしの数々に、出迎えられるのか。

まりあはそう思っていたが——。

「装二郎様だ」

「装二郎様、おかえりなさい」

「なさいー」

想定外のあやかし達に出迎えられた。

ふわふわとした毛並みの狸《たぬき》や狐《きつね》達が散り乱れて、わらわらとやってきた。二十匹以上はいるだろうか。とてもあやかしには見えない。

「みんな、今日は、花嫁を連れ帰ってきたよ」

「花嫁!?」

「奥様!」

「奥様だ!」

「奥様じゃなくて、まりあってお呼びよ」

まだ正式に装二郎の妻となったわけではないので、名前を呼ぶように言ったのだろう。紹介されたまりあは、戸惑いつつ玄関口を潜った。

「おくさ……まりあ様?」

「まりあ様」

「髪が、金色だ!」

「瞳は、ビー玉みたい」

「きれい……！」

狸や狐は好奇心旺盛なのか、まりあの周囲に集まってキラキラとした瞳で見上げてくる。正直な話、あやかしらしくなく、愛嬌のある犬のような印象だ。

「彼らはね、化け狸と化け狐なんだよ。化けを得意とするあやかしは弱い。だから、利用されてしまうんだ」

「強いあやかしが、弱いあやかしを利用するというの？」

「うーん、それはちがう、かな。まあ、その辺の話はのちのちということで」

力を持たないがゆえに化けの能力で生き延びる。その力を悪用する存在がいるのだという。よくよく狸や狐を見たら、爪が欠けていたり、尻尾が半分しかなかったりと、完全な姿ではない。山上家の屋敷で療養すれば元の姿に戻るという。

彼らを傷つけたのは誰なのか。装二郎はまりあに教えるつもりはないようだ。契約花嫁なので、山上家が抱える問題のすべては語らないのだろう。

わかっていてもなんとなく面白くない。と、そんなことを考えていたら遠くからバタバタと足音が聞こえた。廊下を走ってやってきたのは、七、八歳くらいの子どもと同じような背丈の川獺《かわうそ》だった。紅梅色《こうばいいろ》の着物にフリル付きの白い前掛けをかけている。

「あ、あれはなんですの？」

「彼女は、化け川獺のウメコ」

ウメコは狸や狐をかき分けて、まりあの前にたどり着く。

「どうも初めまして、わたくしめは、まりあ様にお仕えするウメコでございます」

「ど、どうも初めまして」

ウメコはまりあ付きの召し使いらしい。

「昨日来たばかりの新参者ですが、よろしくお願いいたします」

「嘘だよ。ウメコは千年くらい、山上家に仕えている熟達した召し使いだから」

「せ、千年ですって!?」

「あと彼女、たまに嘘をつくから騙されないでね」

ウメコは片目をパチンと瞑り、「川〝嘘〟なだけに!」などと戯《ざ》れ言を口にする。

山上家で匿うあやかしの数々は、まったく恐ろしくないどこか親しみのある存在だった。正直、戸惑いが心の大半を占めている。けれども、笑顔で祝福してくれた両親のためにも、山上家当主の花嫁として立派に役目を勤めあげなければならない。

装二郎の本当の妻になるため、一年間の契約期間を乗り越えなければ。まずは、夫である装二郎と打ち解ける必要がある。と、気合いを入れたところで、いきなり出鼻をくじかれた。

「じゃあ、僕はこれから眠るから」

「はい？」

「なにかわからないことがあったら、ウメコに聞いてね」

　装二郎はそう言ってひとり廊下を歩いていく。その後ろ姿は、灯りのない闇の中に呑み込まれていった。

「あの、ウメコ。あの人は、いつもああなの？」

「いえいえ、今日は調子が悪いのでしょう」

　絶対に嘘だと、まりあは思った。


　山上家の屋敷は、全体的に暗い。床や壁が真っ黒だからだろう。窓も少なく、太陽の光はあまり差し込んでこない。そのため、昼間でも薄暗い。夜を生きるあやかし達が生活しやすいように、このような造りになっているようだ。

　案内されたまりあの部屋は、装二郎の私室から遠く離れた位置にあるとウメコは言う。通常、夫婦の部屋は近くにあるものだが。ここは一風変わった、あやかしを匿う山上家。常識は通用しないのだろう。

　襖《ふすま》を開くと、異国の文化を取り入れた和洋折衷《わようせっちゅう》の内装にまりあは驚く。床には毛足の長い絨毯が敷かれており、中心に猫脚の円卓と長椅子が置かれていた。続き部屋となった寝室を覗くと、天蓋《てんがい》付きの寝台が置かれている。箪笥《たんす》には、着物だけでなくドレスも収められていた。まりあがなに不自由なく暮らせるように、さまざまな品を用意してくれていたようだ。

周囲にうるさく言われて、嫌々渋々《いやいやしぶしぶ》と花嫁を迎えたのかもしれない。それでも、心配りの数々はたいへん嬉しいものであった。山上家の花嫁として頑張ろうと、まりあは今一度強く思う。

荷物の整理をしたり、用意された着物やドレス、小物などを把握したり。いろいろしているうちに、夜になった。ウメコがぬっと現れて声をかける。

「まりあ様、夕餉《ゆうげ》の支度が調いました」

「ええ、わかりましたわ」

夫婦初めての、食事の時間である。まりあはドキドキしながら居間に向かう。

ウメコが障子を開いたが、中には誰もいない。それどころか、漆喰の食膳と座布団は一組しか用意されていなかった。

「ウメコ、装二郎様は?」

「先にお召し上がりになりました」

「なぜ?」

ウメコはしばし首を傾げ、なにか思い出したかのようにポンと手を打つ。

「毎食、牛一頭召し上がるので、恥ずかしいからひとりで食べたいとおっしゃっておりまして」

「嘘ですわね」

「あら、バレました？」

ウメコの煙《けむ》に巻くような嘘に、まりあはため息をつく。きっと、なにか理由があるのだろう。今日のところは、ひとまず追及しないでおく。

「まりあ様、本日は牛鍋ですよ」

「まあ！」

久しぶりの牛肉料理である。以前は当たり前のように食べていたものも、没落してからは手が届かなくなっていた。

小さな鋳鉄《ちゆうてつ》鍋でぐつぐつ煮込まれる牛肉を見つめていると、両親の顔が浮かんだ。叶うならば、家族で囲みたかった。じわりと、眦が熱くなる。

貧乏でもいい。毎日粗食でもかまわない。まりあはもっともっと、父や母と過ごしたかった。けれども、もうまりあは子どもではない。割り切って、暮らしていくしかないのだ。装二郎でもいればよかったが、広い居間にひとりは切なく、寂しい気持ちが込み上げてきた。

「まりあ様、いかがなさいましたか？」

ウメコが心配そうに顔を覗き込んできたので、安心させるために微笑みかける。

「わたくし、お腹がぺこぺこで」

「さようでございましたか！　お肉のお代わりは、なんと牛一頭分ございます。ですので、たくさん召し上がってくださいね」

「ふふ、ウメコったら」

牛一頭分もお代わりがあるなんて、嘘だろう。けれども、ウメコの明るい嘘にまりあは救われた。

牛一頭は食べられないが、たくさん食べて元気を出そうと思った。

翌朝――居間へ行くと食膳が二名分用意されていた。朝は、装二郎も一緒に食事を取るようだ。朝もひとりだったらどうしようと思っていたので、まりあはほっと胸を撫で下ろす。

座布団に腰を下ろした瞬間、装二郎がやってきた。髪はボサボサ、着物は着崩れているという、なんとも残念な恰好である。

「ん？　きれいな女性がいる。なんで……？」

まだ目覚めていないのか、開ききっていない目でまりあを見つめる。その瞬間、まりあは立ち上がった。

「なにを寝ぼけたことをおっしゃっていますの？　だらしがない！」

一喝し、まりあはずんずんと装二郎に接近する。

「え？　うわっ、ちょっ――！」

背伸びをして、手櫛で装二郎の髪を整える。猫のようにふわふわしていてやわらかな髪だった。これで終わりではない。着物に手を伸ばし、きっちりとしわを伸ばす。

「ああっ、そこまでっ、わー！」

ものの三十秒ほどで、装二郎の身なりは整った。まりあは全身を確認し、こくりと頷いてから元の位置に戻る。

「目が覚めました？」

「うん。目が覚めるほどの美人が、やってきたからね」

襖が開かれ、二足歩行の鎌鼬達がご飯の入ったおひつを運ぶ。まりあと装二郎の茶碗に炊きたてご飯をよそってくれた。

朝餉《あさげ》はカブの味噌汁に玉子焼き、鯛の塩焼き、ハマグリの酒蒸しと、朝から豪華である。まりあは手と手を合わせ、感謝しながら食べた。

「まりあ、昨日はよく眠れた？」

「ええ、おかげさまで」

「困っていることはない？」

「ええ、まあ」

装二郎が夕餉にいなかったのは驚いたが、受け入れるしかないのだろう。

「わからないことがあれば、なんでも聞いてね」

「はい、ありがとうございます」

早々に食事を終えた装二郎はそれだけ言うと、いなくなってしまった。もっと話したいと思うのはまりあの我が儘なのだろう。引き留めずにそのまま見送った。

通常、華族当主の妻となった女性は社交に勤しむ。まりあの母もそうだった。応接間に客人を招き、紅茶を振る舞いながら会話を楽しんでいた。異国で、『サロン』と呼ばれる上流階級の文化らしい。アンナがつくる洋菓子を食べながら飲む紅茶は最高だった。今となっては、遠い日の記憶である。

一方で、山上家に社交へ誘う手紙は届けられないという。

「門の前に山羊《やぎ》のあやかしがいて、お手紙を全部食べてしまうのですよ」

「へえ、そうですの」

「あ、申し訳ありません。嘘です」

「ちょっと、ウメコ！　嘘ならわかりやすいものをついてくださいませ」

会話の中にさらっと嘘を紛れ込ませるので、まりあはうっかり騙されてしまうのだ。

「それで、山上家の社交は、どうなっていますの？」

「それがですねえ――」

ウメコに聞いたところ、山上家は社交をほとんどしないとのことだった。それは、噂話として囁かれていたものと同じ。実際にそうだと知れば納得するしかないだろう。

嫁いで早々することがなくなってしまう。暇をもてあましたまりあは、狸や狐を部屋に招いて遊んであげた。無邪気なもので、まりあがつくった布の鞠を投げると嬉しそうに追いかけていくのだ。あやかし達に獣臭さはいっさいなく、頭や首回りに触れるとふかふかとやわらかい手触りであった。

まりあ様、まりあ様と言って懐いてくるのでついつい可愛がってしまう。ただ、傷ついた姿を目にすると、いったい誰がこのようなことをと腹立たしい気持ちになった。

山上家に嫁いできてから、数日が経った。相変わらず、夕餉はまりあひとり分だけ。あやかしは食事を必要としないようで、ひとり寂しく食べる。装二郎と顔を合わせるのは朝のみで、あくびばかりしながら食事をする夫の前で黙々と食べるのだ。

「まりあ、不自由はない？」

「ええ」

「そう。よかった」

会話も、そんな決まり文句を毎日ひと言ふた言交わすだけであった。

まりあの両親は仲睦まじいので忘れていたが、華族のほとんどは政略結婚であるため、夫婦関係は冷え切っていることが多いという。装二郎はまりあを気に懸けてくれる。それだけでもいい夫と言えるのかもしれない。

山上家の屋敷には、当主とその妻、子どものみ住むという。子どもは成人したら家を出ていく決まりがあるらしい。当主が亡くなったら次代へ役目が引き継がれる。

つまり、装二郎の父親は亡くなっているということなのだ。母親については知らない。まりあは装二郎が話さない限り、聞かないことにした。爵位を引き継いでから五年もの間、装二郎はこの暗い屋敷で独り、暮らしていたという。

正確に言えば、あやかし達もいたわけだが。

「そういえば、狸や狐達が、君にたいそう懐いているようだね。怖くない?」

「まったく」

「よかった」

珍しく会話を続けた装二郎は安堵したようにやわらかく微笑む。どきんと胸が大きく跳ねたが、装二郎は「さ、寝よう」と言ったので我に返った。

「今は朝ですよ。あなた、毎日毎日眠いっておっしゃっていますけれど、夜はなにをなさっていますの?」

「なにって、夜は眠るものでしょう?」

正論であるものの、昼間も寝ている人が言うと説得力がまるでない。相変わらず装二郎は寝てばかり。見事な昼あんどんっぷりである。

華族は不労収入で暮らすので暇であることはなんら不思議ではない。けれども、そんな怠惰な生活はどうなのかと、まりあは疑問に思った。

「あ、そうそう。必要な品があったら御用聞きになんでも頼んでいいから。品物を選びたいのであれば、商人を呼んでもいいし」

「はあ。とくに不自由はしておりませんが」

「謙虚だねえ」

謙虚なのだろうか。よくわからない。幼少期より、両親が用意したもので暮らしてきた。自分からなにか望むことは、めったになかったように思える。

欲がない。ある日、父親はまりあにそう言った。それは褒め言葉ではないなと感じたのを覚えている。そんなまりあだからこそ、貧乏生活に耐えられたのかもしれない。

「あ、最近は、外で買い物するのが流行っているんだっけ？」

「え？　あ、ああ、そう、ですわね」

女学校時代、週に一度あった校外学習の自由時間に文具店や菓子店に行き、買い物をするのを同級生は楽しんでいた。まりあも楽しかった記憶が残っている。

「だったら、まりあも出かけてくればいいよ」

一緒には行ってくれないらしい。

百貨店などで、夫婦が仲睦まじい様子で買い物しているのを見かけたことがあるが、この結婚は契約で結ばれたもの。

　共に長い時間を過ごさないのは、当たり前なのだろう。

「行くときは気をつけて行ってきてね」

「ええ」

「絶対に、夜になる前には帰ってくるんだよ」

　急に声色が真面目なものとなり、まりあは顔を上げた。いつものどこか抜けた表情でなく、ピンと張りつめたような顔で装二郎はまりあを見つめている。

「夜は危ないからね。見回りが巡回しているとはいえ、毎晩のように事件は起きているから。まりあはいい娘《こ》だから、わかるよね？」

「え、ええ」

「とくに年若い女性が行方不明になっているから、明るい時間でも気をつけて」

「わかっております」

　そういえばと、まりあは思い出す。山上家の当主が迎えた花嫁候補を連れ帰り、血肉を啜っているというもの。どうしてそのような噂が流れていたのか。火のない所に煙は立たぬ、という言葉もある。

「まりあ、どうしたの？」

「あ――いいえ。お言葉、痛み入ります」

契約を結んだ以上、まりあは装二郎の支援なく暮らせない。詮索《せんさく》するようなことはやめよう。そう、自らに言い聞かせた。

「あ、そうだ！」

装二郎は懐を探ってなにかを取り出し、それをまりあに差し出した。

「これ、あげる」

「なんですの、こちらは？」

それは赤い紐に結ばれた銀色の鈴。ただの鈴のように見えたが、鳴らしても音が出ない。まったく重さを感じない不思議な細工がなされているようだ。

「それは、邪祓《じゃばら》いの鈴だよ。鈴の音は周囲を浄化する力があるんだ」

「でも、こちらは音が鳴りませんが」

「悪い存在が接近したときにだけ、鳴るんだ。これを肌身離さず持ち歩いて、もしも鈴の音が聞こえたら大人しくしているんだよ」

「わかりました。お心遣い感謝します」

深く頭を下げ、部屋から辞した。

まりあは自室に遊びにやってくる狐や狸の頭数分の鞠を胸に抱え、一気に投げる。

「そーれ！　取っておいでなさい」

狸や狐達は、大喜びで鞠を追いかけていった。

一匹につき一個の鞠が用意されているので、喧嘩にはならない。鞠を銜《くわ》えて戻ってきた狸や狐の頭を撫でてあげると、心地よさそうに目を細めている。

ああ、なんて愛らしい生き物なのか。一匹一匹抱き上げ、頬ずりする。

狸や狐に囲まれ、モフモフ三昧。思ってもいなかった新しい生活である。だが、いくらなんでもここ数日は腑抜《ふぬ》けていた。

と、これでいいのかと心の中に住む厳しい自分に問いかけられた。装二郎を昼あんどんだと責めることはできない。

このままではいけない。できることを自分で探すべきなのだ。

まりあはパンパンと手を打ち、ウメコを呼んだ。部屋の隅にある闇から、ウメコがぬっと姿を現す。

「はいはい、まりあ様、なんでしょうか?」

「百貨店に行きます。供を、お願いしてもよろしくって?」

「もちろんですとも!」

百貨店は、帝都の中心部に建てられた三階建ての大型商業施設である。

三年前に開店して今も尚、人気を博しているのだ。異国の劇場に用いられていた洋風建築の佇まいが、帝都の人々を魅了している。そんな百貨店には最先端の品物が集められている。広い店内はたくさんの客を招き、一点でも多くの品々を売るための陳列がなされている。

開店当初、家に商人を招いて買い物をする華族の者達からは品がないと言われていた。だが、そんなふうに囁かれるのも、ほんのひとときばかりであった。

とある華族の夫人が百貨店での買い物が楽しいと触れ回ると、一気に印象はよい方向へと傾いていく。そんなわけで、今や百貨店は華族達もこぞって出かける場所なのである。

まりあも過去に数回、百貨店に足を運んだ。どちらも母と共に出かけたのだが楽しかった思い出がある。

「うふふ、外出は久しぶりですねえ」

ウメコは楽しそうに言い、帯から一枚の葉を取り出す。それを額に乗せて、くるりと回った。一瞬にして、ウメコの姿は二十前後の女性に転じる。目が細く、おかっぱ頭の姿となった。

「ウメコの化けを、初めて見ました」

「いかがでしょう?」

「人にしか見えませんわ」

「お褒めにあずかり、光栄です」

着物とドレス、どちらで行こうか。数年前までドレスは夜会のときのみ着用する正装だった。けれど今は、昼用のドレスも売られるようになり、女性達の間で流行っている。

「ウメコ、ドレスと着物、どちらがいいと思います？」

「まりあ様の、お好きなほうをお召しになってくださいませ」

「うーん、迷いますわね」

古い家柄の女性は着物を好んでいる。もしも百貨店でかつての知り合いと遭遇したとき、まりあがドレスをまとっていたらどう思われるか。

現在、ドレスのほうが高価である。出かけた先で山上家の財産を使い、贅沢な暮らしをしていると思われたらたまらない。

「着物にいたします」

「どのような柄にいたします？」

「あなたの柄を」

「わたくしめの……鼬柄、ではなくて、梅ですね」

「ええ」

梅の季節は二月くらいか。蕾《つぼみ》が綻ぶ前に、先取りして着物の柄に選ぶのが粋《いき》なのだ。

ウメコの手を借りて着物をまといながら、装二郎と出会ってからあっという間に結婚までに至ったものだと思う。きっと、一年なんてすぐに過ぎ去ってしまうのだろう。

この契約期間でまりあになにができるのか、まだ、はっきりとわからない。ここ数日屋敷に引きこもってばかりだったので、外に出たらなにか思いつくかもしれない。そう思って、装二郎との話に出た、百貨店に行こうと思い立ったのだ。

着物の上から羽織《はおり》を着込む。最後に、装二郎から貰った銀の鈴を帯に結んだ。身なりが整った瞬間、一匹の狐が近寄ってきた。爪先が欠けた、大人しい性格の狐である。

控えめな様子が愛らしいと思っていた一匹でもあった。

「あの、まりあ様、わたしも連れていってくださいませ！」

「あなたも？」

「はい！　襟巻きに化けますので」

「襟巻き……暖かそうですわね」

「ほかほかです」

まりあは腕を組み、しばし考える。襟巻きは、大変魅力的であった。

「よろしくってよ」

「ありがとうございます」

狐はどこからともなく葉っぱを取り出し、くるんと一回転する。狐の顔付きの襟巻きの姿へと転じた。ウメコが持ち上げ、まりあの肩にそっとかけてくれる。

「ふふ、本当に暖かいわ」

「よかったです」

「あなた、名前はなんと言いますの？」

「名前は、ないです」

話していたら、ある言葉が浮かぶ。小春日和《こはるびより》――初冬の暖かい日を言う。首回りに感じるポカポカとした温もりは、まさに小春日和のようであった。

「だったら、コハルにしましょう」

「わ、ありがとうございます！」

首元から声がしたかと思うと、パチンと、まりあの目の前で光の粒が弾ける。

「な、なんですの？」

「まりあ様、名付けの呪術が成立した証かと」

「名付けの呪術？」

ウメコは頷き、補足説明する。

「あやかしは、名付けた者に一生の忠誠を誓います。首に巻いたコハルは、まりあ様のあやかしとなったのです」

「なっ……！　そ、そんなの、女学校では習いませんでしたわ」

「危険な呪術ですから、学校では教えないのでしょう」

「なぜ、危険ですの？」

ウメコは険しい表情を浮かべ、まりあにあやかしへの名付けに関する危険性を教えてくれた。

「名付けが成功するのは、格下相手のみ。格上相手に名付けをしたら、喰《く》われてしまうからですよ」

「そ、そうだったのですね」

知らずに、まりあは危険な行為を働いていたようだ。ウメコに名前があるのだから、ほかの狸や狐にあってもいいのにと軽く考えていた。

ちなみにウメコの名付けをしたのは、千年前の山上家の主。遺言で、子孫を頼むと言われたので、主人亡き今も山上家に残っているという。

「弱いあやかしは、主人の死と共に消えてなくなります。強いあやかしは、主人が死んでもこの世に残るのです」

「なるほど。ウメコは、強いあやかしだったのですね」

「わたくしめは、ふふ。こう見えて、山上家最強のあやかしなのですよ」

「はいはい」

ウメコ得意の嘘を、まりあは聞き流す。

「コハル、あなた、わたくしが主人でよろしかったの？」

「はい！　とっても光栄です。爪もこのとおり治りましたし」

「まあ、本当」

一時的に変化を解いて廊下に立ったコハルは、爪先を見せてくれた。コハルの欠けていた爪はきれいに治ったようだ。

「治ったというのは、どういうことですの？」

その疑問は、ウメコが解説してくれた。

「まりあ様のご加護を得て、コハル自身の力が増大したのでしょう。力の強いあやかしは、ちょっとした怪我は自然治癒させることができるのです」

「そうですのね」

傷が治ったと聞いて、まりあは安堵する。コハルの頭を、優しく撫でた。

「まりあ様、これからよろしくお願いいたします」

「ええ、よろしくね」

念のため、その辺を歩いていた狐に装二郎への伝言を託す。百貨店に出かけてくる、夕方までには戻る、と。なにがあるかわからないので、一応帯に四枚の呪符を入れた。

あやかしの体を発火させる『熾火《おきび》』。

あやかしを一時的に水の中に封じる『水球《すいきゅう》』。

あやかしを地面に叩きつける『天地《あめつち》』。

あやかしを吹き飛ばす『下風《おろし》』。

あやかし退治に用いる、基本的な呪符である。通常、人は適性属性がひとつしかないが、まりあは四大属性すべてに適性があった。そのため、呪符も火、水、地、風と四種類、操れるのだ。

「ウメコ、コハル、まいりましょう」

「はい」

「お供しますっ！」

玄関から外に出ると、数日前までちらほらと咲いていた椿が、次々と開花しつつある。満開になったら、それはそれは美しいだろう。

ふと、まりあは気づく。これまで、季節の移り変わりを気にする余裕なんてなかった、と。せっかくゆっくり過ごせる時間ができたのだ。契約を結んだ一年間、しっかり四季を堪能したい。今度、鎌鼬に庭を案内してもらおうと決意するまりあであった。

「まりあ様、いかがいたしましたか？」

「いいえ、なんでも」

門の前には、すでに馬車が用意されていた。馬車を操る御者もよくよく見たら人ではない。化けたあやかしなのだろう。口の端から細長い舌が見え、蛇のあやかしだとまりあは気づく。

「百貨店まで、お願いいたします」

「お任せあれ」

馬車に乗り込み、ウメコが合図を出すと動き出す。百貨店に到着するまで、まりあはウメコやコハルと会話を楽しんだ。

三年前――百貨店が完成した際、まりあの母は感動のあまり涙を流した。かつて生まれ育った国にあった劇場そっくりだと。

白亜のレンガを積み上げ、漆黒《しっこく》の切石《きりいし》と隅石《すみいし》を縁取るように組んだ建物は、美しい造形を額縁に収めるように仕立てられていた。左右対称の均衡のとれた外観を持つ百貨店は、三年経った今、帝都の象徴だと誰もが認めている。時代の最先端をいく品々を大々的に売るために、建設費を惜しまず異国の建築技術を取り入れてつくった創業者の、発想の大勝利と言えるだろう。

出入り口には、左右に獅子の石像がどっかりと鎮座している。その間を通り抜けると、信じがたいほど高い天井を大理石の柱が支えていた。磨き抜かれた床は常にピカピカで従業員はいつも笑顔。洗練された空間が広がっている。

「はわー、ここが百貨店ですかー」

「ウメコは、初めてですの？」

「はい！　山上家の奥様にお仕えするのはしばらくぶりなんです。このように侍るのは本当に久しぶりでして」

「そうでしたのね」

心なしか、ウメコは嬉しそうだ。もしかしたら、外出自体が久しぶりなのかもしれない。こうして外出すると、気分転換になる。次も、彼女を誘おうと思った。

「まりあ様、本日はなにを買われるのですか？」

「反物を」

「売り場はご存じですか？」

「ええ。二階だったかと」

「では、行きましょう」

螺旋階段を上がって二階を目指す。周囲の女性達は息が上がっているようだが、まりあは平然としていた。庶民生活をするうちに体力がつき、足腰が強くなったのかもしれない。いまだに炊事や洗濯によって荒れた手は治らない。そのため、人前に出るときは絹の手袋がかかせなくなっている。

しっかり手入れしなくては。幸い、水仕事をしなくてよくなったので、しばらくしたら治るだろう。

「なんだか、迷子になってしまいそうです」

「大丈夫ですわ。お店があった場所は、きちんと覚えていますので」

このフロアには、久我家がかつて懇意《こんい》にしていた呉服店がある。そこを目指した。種類は多くないが品よく反物が展示された店舗の前で立ち止まる。

初老の店主がまりあの存在に気づいてはっと肩を震わせた。

「いらっしゃいませ、まりあお嬢様」

「お久しぶりです」

「ええ、本当に」

今日は浅草にある本店が休日なので、店主が百貨店の従業員として出ているようだ。没落したはずの久我家の娘が上等な着物をまとって現れたので、驚いているのだろう。

「もしかして、ご結婚されたのですか？」

「ええ」

店主は祝いの言葉を述べたあと、それ以上結婚について追及してこなかった。ほっと胸を撫で下ろす。

「本日は、なにをご入り用でしょうか？」

「男性の、寝衣《しんい》用の反物を探しにきましたの。いくつか見せていただけますか？」

「かしこまりました」

一度、屋敷で昼間に寝ぼけ眼の装二郎と遭遇したことがあった。彼はなんと、高価な着物から寝間着に着替えずに眠っていたのだ。なぜ着替えないのかと尋ねると、どれが寝間着かわからないと答えた。

どうやらウメコのようなそば付きはいないらしい。周囲に使用人を侍らせていると落ち着かないので、自分でなんでもかんでもやってしまうようだ。

信じがたい気持ちになったのと同時に、寝間着の一着や二着つくってあげたらいいのではと思いつく。両親の寝間着づくりで磨いた腕を披露するときがやってきたのだ。

「こちらの綿の生地は吸水性がよく、肌触りもやわらかで寝間着にぴったりかと。夏は涼しく、冬は暖かいですよ」

見せてもらった反物のうち、いくつか選んで購入した。支払いの手続きはウメコがしてくれる。品物は屋敷に直接届けてくれるらしい。

装二郎への贈り物の支払いを装二郎自身がする。まりあ自身、自由に使える財産は持っていないので仕方がない話ではあるが、深く考えたら複雑な気分になる。

寝間着づくりはまりあが行うのでその点を喜んでほしい。反物の配達先が山上家というウメコの書き込みを見て、店主は目を丸くしていた。ただそれも一瞬のことですぐに無表情になる。

「また、買い物にきますので」

「お待ちしております」

呉服店をあとにし、続いて向かった先は、子ども用の玩具を取り扱う店。そこで、狸や狐と遊ぶ道具を選んで購入した。

気づいたら、五時間も買い物をしていた。

窓から空を見上げると太陽が傾きつつある。

「最後は、まりあ様のお買い物ですね。なにを購入されるのです?」

「わたくしは――」

とくに、ない。必要な品物はすべて屋敷に用意されていたから。

だが、なにを買ったのかと装二郎に聞かれそうだ。ふと、すぐそばにあった店に展示されていた日傘が目に付く。フリルがあしらわれた美しい意匠だが、仕込み刃付きと書かれていた。女性用の武器とは非常に珍しい。

まりあは手に取ってみた。刃が仕込まれているとあって、普通の傘よりも重たい。

店主がやってきて説明してくれた。柄を左に捻ると細身の刃がすらりと出てくる。これは異国から輸入された品らしい。刃は刀ではなく、レイピアと呼ばれる片手剣だという。

不思議と手に馴染むそれをまりあは気に入り、すぐに購入を決める。装二郎になにを買ったのかと聞かれたら、日傘だと答えたらいい。

それに、なにが起こるかわからないので、護身用の武器を持っていたほうが安心だ。

日傘はそのまま持って帰ることにして、店主に会釈し店をあとにした。

もう日没も近いので今日は帰ろう。そう提案しようとしていたところに、背後から声をかけられた。

「あら。あなた、まりあさんじゃない？」

振り返った先にいたのは見知った中年女性だった。品のある松葉柄の着物をまとっているのは、まりあの元婚約者である敦雄の母親、絹子《きぬこ》だ。

「お久しぶりね。お元気そうでなによりだわ」

「え、ええ」

女学校時代、絹子とはよく喫茶店に行って珈琲を飲んだ。年の差はあれど不思議と話が合い、良好な関係を築いていた。

当然のことだが、婚約が破棄されてからは疎遠となっていたのだ。

「あの、少しだけお話しできるかしら？」

どうしようか迷ってしまう。装二郎には夕方までには帰ると言った。

帯に挟み込んでいた懐中時計を取り出し、銀の蓋を指先で弾く。時刻は十六時過ぎ。微妙な時間帯である。けれども、もう二度とこのような偶然はないだろう。

親しくしていた相手なので一度、話をしておきたかった。

「では、少しだけ」

「ありがとう」

百貨店にある喫茶店で話すこととなった。

ウメコは喫茶店の壁側に立ち、気配を消して待機している。一方で、絹子は嬉しそうに話し始めた。

「ここのチヨコレイト、とってもおいしいのよ」

「噂になっていましたね」

飲むチヨコレイトは、異国から入ってきたばかりの新しいものであった。母親と来ようと思っていたところ、久我家が没落してしまった。一度は諦めていたが、飲める日が来るなんて。いつか母親と味わいに来られたらいいなと、ひっそり願う。

「ごめんなさいね。敦雄が酷いことをして」

「いえ、仕方がないことですから」

絹子はずっと、まりあのことを気に懸けていたらしい。なにか支援ができたらと久我家の滞在先を探していたが、見つけられなかったと言う。

帝都でもっとも大きな洋館に住んでいた久我家の者達が、下町のあばら屋に住んでいるとは夢にも思っていないだろう。まりあは手短に近況を報告した。

「そう、山上家の当主様とご結婚できてよかったわ。どうかお幸せに」

「ありがとうございます」

絹子と別れ、家路に就く。百貨店を出たときにはまだ太陽は地平線より上にあったが、馬車に乗って走り出すとみるみる辺りは暗くなっていく。

「遅くなってしまいましたわ」

「ですねえ」

夜、装二郎がなにをしているのか把握していない。今日もまりあが屋敷に帰っても姿を現さないだろう。

装二郎に対して、謎は深まるばかりである。

「ねえ、ウメコ、装二郎様は――」

質問を投げかけたのと同時に、不思議な音が聞こえた。

りぃん、りぃん。

澄んだ鈴の音である。帯に結んだ鈴が音を鳴らしていたのだ。これは悪しき存在が接近した際、周囲を浄化するものだと装二郎は話していた。ぞくりと悪寒が背筋を走る。なにかが接近しているのだろう。

馬の嘶《いなな》きが響き渡る。馬車の車体は大きく揺れて、まりあは窓枠に体をぶつけてしまった。

ウメコや、まりあの肩で襟巻きに変身していたコハルは無事のようだ。

「――ッ！　いったい、何事ですの!?」

状況が把握できず、動揺から胸が苦しくなる。窓を覆う布を除けた瞬間、まりあは悲鳴を呑み込んだ。ガラスには、血が飛び散っていた。御者のものだろうか。ぞっと悪寒が走る。

「血……!?」

りぃん、りぃん、りぃん、りぃん……!!

鈴の音が激しく鳴る。窓の外を覗き込もうとした瞬間、ウメコが叫んだ。

「まりあ様、外は危険です！　姿勢を低くしてくださいま――」

キイイイイイイン！

と、金属を爪先で引っ掻くような音が突然鳴り響いた。

「あうっ!!」

ウメコの変化は解け、川獺の姿に戻ってしまった。

「なっ、ウメコ!?」

先ほどの怪音で耳がやられてしまったのだろう、意識がないようだ。コハルは意識こそなくならなかったものの、足元でぐったりしていた。襟巻きの変化も解けてしまっている。

まりあ自身は気持ち悪さと耳に不快感があったが、意識が保てないこともない。

「誰が、こんなことを!?」

その疑問に、コハルが息も切れ切れに答えた。

「まりあ様、おそらく、あやかし、かと」

「なっ!?」

夜間に暗躍する通り魔の話は耳にしていたし、あやかしの仕業だというのも囁かれていたが、まさか自分達が襲われるとは夢にも思っていなかった。

「きっと、わたし達と、同じなんです」

「同じ、というのは?」

「たぶん、操られて、いるんです」

あやかしが何者かに操られて悪行を重ねる。そんなことが可能なのか。思考の波に呑み込まれそうになった瞬間、また銀の鈴が激しく鳴った。

りぃん、りぃん、りぃん、りぃん……！

馬車の車体が再び大きな衝撃に襲われる。ドン！　という大きな音と共に、馬車は横転した。

「きゃあ!!」

まりあの体は床に強く打ち付けられ、一瞬、意識が遠退いた。しかしながら、耳をつんざくような叫びを聞いてはっと我に返った。

「ギュルルルル！」

人の形をした化け物が馬車の扉をこじ開け、まりあを見下ろしていた。姿形は成人男性そのものである。しかしながら、よく見ると目は真っ赤で鼻には穴がいくつもあり、口は耳辺りまで裂けていた。鋭い牙と爪が見える。

あやかしが転じた化け物でまちがいない。

「ギュオオオオオ!!」

飛びかかってきた瞬間、まりあは即座に判断する。帯にしまっていた呪符を取り出し、即座に化け物に向かって投げつけた。

「——巻き上がれ、下風!!」

そのとたん、ただの紙片だったものが旋風を起こす。

「ギャアアアアア!」

人の形をした化け物は車内から外へ、くるくると回転しながら吹き飛ばされた。

実戦で呪符を使ったのは初めてである。だが、安堵できない。

ふいに、目が燃えるように熱くなる。いったい、これはなんなのか。くらりと目眩も覚えた。

このような状況の中で、倒れるわけにはいかない。まりあはしっかり二本の足で立ち、馬車の外に顔を出して前を見据える。すると、視界が先ほどとは変わっていた。

「え?」

暗闇の中でよく見えなかった化け物の姿が、はっきり見える。それ以外にも、見えなかったものが見えるようになった。

「こ、これは、なんですの？」

倒れている化け物の背中に、ありえないものが貼られていた。それは真っ赤な札である。陰陽師が術式の際に使う古代文字が、血のような真っ赤な液体《インク》で書かれていた。

人がつくったものがなぜ化け物に貼られているのか。コハルが言っていたように、誰かがあやかしを操っているからにちがいない。

ウメコの意識は、いまだ戻っていない。

「コハル！」

「ここに」

この状態でも、コハルは意識を保っていたようだ。まりあを守るように腹の上によじ登ってきた。

「今度は、まりあ様を、お守り、します」

息を切らしながら話す健気なコハルの頭を、まりあは撫でる。

小さな命を、守らなければ。

恐怖はあったが、まりあを守ろうとするコハルの存在が奮い立たせてくれる。あの化け物をやっつけたわけではない。再び起き上がり、襲いかかってくるだろう。

まりあはコハルを肩に乗せ、先ほど百貨店で購入した刃が仕込まれた傘を握る。

「ウメコ、あとで助けますので」

置き去りにするウメコの額を撫で、まりあは横転した馬車から脱出を試みる。

幸いにも、塞がれたのは出入り口ではなかった。扉の枠を握り、腕の力だけで外まで這い出る。

りぃん、りぃん！

銀の鈴が、警告するように音色を鳴り響かせる。

「ギュウウウウウ！」

外に出た瞬間、化け物の爪が眼前に迫る。まりあは咄嗟に傘で受け止めた。そして
——叫ぶ。

「コハル!!」

「はい」

コハルは前に飛び出し、口に銜えていた呪符を化け物の眼前へ貼り付けた。

同時に、まりあは呪文を唱えた。

「——包み込め、水球！」

「ゴ、ゴボッ!!」

呪符から湧き出た水が化け物の体を包み込み、身動きが取れない状態にした。まりあはその隙に化け物と距離を取る。

水球は長持ちしない。どうにかしなくては。暴走の原因は札である気がしてならない。背中に貼られた札を剝がせば大人しくなるかもしれない。

「コハル、背中に貼られた札が見えます？」

「札？　あ、はい！　見えます！」

「あれを剝がせば、動きが止まるはず」

「わ、わかりました」

まりあは傘の柄を強く握り、刃を引き抜いた。どうやら戦うしかないようだ。

化け物は人間離れした動きで体をぶるりと震わせる。周囲の水はきれいさっぱり弾き飛ばされてしまった。ぱち、ぱちと瞬きをする間に化け物はまりあに接近した。

「くっ!!」

刃は間に合わない。襲い来る爪を着物の袖で受け止める。

視界の端に切れた袂が飛んだ。鋭利な爪は袖を両断したようだ。肌で受け止めたら、骨まで切り裂かれていただろう。

コハルが先ほどのように化け物に呪符を貼り付けようとしたが、腕で払われてしまった。

「ひゃあ！」

「コハル!!」

小さなコハルの体は、地面に強く叩きつけられた。

ぐったりと動かない。

「ギョオオオオ！」

コハルを気にしている場合ではなかった。化け物が眼前に迫る。

剣道の嗜《たしな》みがあったが、化け物相手では歯が立たない。けれども、剣道で培った戦う気持ちがまりあを奮い立たせる。

なんとか爪を刃で受け止めたものの、化け物が妙な叫び声を上げる。振動がびりびりと手に伝わり、柄から手を離してしまった。

「ギャアアアアア！」

裂けた口がまりあに迫る。もうダメだ。装二郎は夜に外に出てはいけないと言っていた。言いつけを守らなかったから、こんなことになるのだ。

「ごめん、なさい」

ふいに目の前が真っ暗になる。否、まりあの目の前に立っていたのは――。

「こ、これは、な、なんですの!?」

以前博物館で見かけた、羆《ひぐま》の剥製よりも大きな黒い九尾の狐だった。ふわりとどこかで嗅いだ覚えのある匂いがした。

ぼんやりしていた頭がはっきりりする、意識が研ぎ澄まされるような匂いである。

と、香りに気を取られている場合ではなかった。化け物だけでも手一杯なのに、もう一体あやかしが現れてしまうなんて。

九尾の狐は、たちが悪い強力なあやかしとして有名だ。終わった。

まりあはそう思ったが、すぐに気づく。先ほどまでけたたましく鳴っていた銀の鈴が、鳴り止んでいることに。

この九尾の黒狐は、悪しき存在ではない？

ふわふわと、九本の尻尾がまりあの目の前で揺れ動いていた。

「ギャオオオオ！」

化け物が九尾の黒狐に襲いかかる。九尾の黒狐は軽く跳び上がると、九本の尻尾で化け物を地面に叩き伏せた。

「ギャウッ！」

悲鳴を上げ、そのまま動こうとしない。九尾の黒狐は前脚を上げた。化け物を踏みつけようとしているのか。この化け物は、何者かに操られた罪もないあやかしである。

まりあの体は自然と動いていた。九尾の黒狐の前に手を広げ、立ちはだかる。

「――ッ!?」

突然飛び出してきたまりあに、九尾の黒狐は目を丸くして驚いているようだった。

額に汗がじわりと浮かぶ。九尾の黒狐はとてつもない威圧感を放っている。とても振り返って、化け物の背中から札を剝がせるような状態ではなかった。

視界の端にもぞもぞと動くコハルの姿を捉えた。まりあは声を振り絞る。

「コ、コハル、札を、は、剝がして……！」

「うっ……はい！」

コハルは起き上がるとまりあの背後へと回り込む。

札を剝いだのだろう。ぞわぞわと悪寒を感じる空気がプツンと切れた。最後の気力を振り絞り、まりあは振り返る。そこには、毛並みがボロボロになった小さな白い猫の姿があった。息も絶え絶えの状態で、まりあを見上げている。

可哀想に。まりあは猫の頭を撫でて、その身をぎゅっと抱きしめる。

それと同時に意識が遠退いていった。

「わわ、まりあ様！」

コハルの声のほかに、遠くから人の声が聞こえた。

「こっちだ！」

「馬車が横転している！」

もう、大丈夫。そう確信し、まりあは意識を手放した。

夢を見た。それは、女学校時代の記憶。まりあは勉強に、武術にと励んでいた。

ある同窓生が、それに対して苦言を呈したのだ。女の身でそこまで頑張る必要があるのか、と。

華族に生まれた女は、近い将来結婚し、子どもを産むのが務めだ。その役目を果たすのにどちらも必要ではない。

まりあはその言葉に言い返す。知識や教養は剣となる。一方で武力は自分を、また、大切な人を守る盾となるのだ。

双方揃っていないと力を有効的に使えない。だからどちらも頑張っているのだ、と。

同窓生は天下でも取るつもりなのかと言い捨て、去っていった。天下は取れなかったが、あのときの努力は無駄ではなかった。

まりあは、小さな命を、守ったのだから。

「――んっ」

日差しを感じ、まりあがそっと目を開くと、窓際に立つ装二郎の姿を発見した。

「ああ、まりあ、起き上がらないほうがいい。君は怪我をしている」

「け、怪我?」

意識した途端、体がズキズキ痛む。手には包帯が巻かれていた。

ぱち、ぱちと瞬いている間に、モコモコした存在《もの》に囲まれた。

「まりあ様!」

「目が覚めた!」

「よかった、よかった!」

一斉に集まった狸や狐に、埋もれるような状態となった。その中にコハルやウメコを見つけたので、ほっと胸を撫で下ろす。

怪我もなく、元気そうだ。安堵から瞼が熱くなる。

だんだんと意識が鮮明になってきて、おぞましい記憶が甦る。あの出来事は夢か、幻なのか。その疑問に装二郎が答えてくれた。

「昨晩、君はあやかしが転じた化け物に襲われたんだ」

装二郎の穏やかな声を聞きながら、あれは現実だったのだと思う。なんでも、倒れたあとのまりあを陰陽寮の陰陽師達が保護してくれたらしい。

すぐに帝国病院に運ばれ、治療が施されたようだ。

「それにしても驚いたな。自家製の呪符や仕込み刀で化け物退治をしちゃうなんて」

「いいえ、わたくしがひとりで対処したわけではございません。あの化け物を鎮めたのは――」

九尾の黒狐。声に出そうとしたが、なにかの術中にあるのか口にできない。

「どうしたの？」

「……いえ」

おそらく、九尾の黒狐がまりあの言動を封じているのだろう。

害なす存在であればすぐにこちらを攻撃できたはずだ。九尾の黒狐はまりあを守るように化け物との間に立ちはだかったのだから、敵ではないと思っていてもいいのだろう。

「心配したよ。夜になっても戻らないから」

「申し訳ありませんでした」

元婚約者の母親と会い、引き留められた――なんて話は言い訳にすぎないだろう。

判断したのはまりあだから。

ふと、気づく。そういえば、操られていたあやかしの白猫はどうしたのだろうか。

「もう二度と、夜に出かけないようにね」

「………………」

「まりあ、ここは『はい』って、返事をするところなんだけれど」

装二郎の話は半分も聞いていなかった。

「あの、わたくしが昨晩、保護した猫は!?」

「ああ、あの子ね。大丈夫、別の部屋で療養させているから」

「そうでしたか。よかった」

まりあが倒れたあと、そばを離れようとしなかったらしい。

無事だと聞いて安堵した。

「しかし、驚いたよ。ああいう操られていたあやかしは気が立っていて、気を鎮めなければならないんだ。それなのに、君が保護したあやかしは大人しかった」

「そうでしたのね」

「なにか術をかけたの?」

「いいえ」

変わったことと言えば九尾の黒狐の登場だろう。もしかしたら彼が、なにかしたのかもしれない。

「まりあもしばらく休むんだ。いいね?」

「はい」

言われたとおり、大人しくしていよう。結婚して早々、装二郎に迷惑をかけてしまった。まりあは深く反省し、療養に努めることにした。

三日後、まりあはすっかり元気になった。同じく休んでいた白猫も歩き回れるようになっている。驚異の回復力らしい。狸や狐と同じように可愛がってあげよう。そう思っていたが――。

「やい人間！　この化け猫様に気安く触るんじゃない!!」

人懐っこいあやかしではないようだ。ウメコ曰く、化け猫は生意気で素直でない性格であることが多いらしい。

「まりあ様、気にすることないですよ。化け猫は、トゲトゲの毬栗《いがぐり》が転じてあやかしになった姿なんです。だから、性格もトゲトゲなんですよお」

「ウメコ、それ、嘘でしょう？」

「バレました？」

ウメコは嘘を言えるくらい、元気になったようだ。事件が心の傷になっていないようで、まりあは安心した。

化け猫はどうだろうか？　遠くからでは、姿形しか確認できない。

フワフワの長い毛足の猫は手触りがよさそうに見えるものの、ボサボサだった。櫛で手入れしてあげたいと思ったが、気を許してくれそうもない。

「残念ですわ」

「まあ、個性的と言いますか」

操られていたときの記憶はなく、後遺症はないようだ。それだけでもよかったこととする。

真冬であったが、窓からは暖かな光が差し込む。狸や狐たちは今日も可愛い。

コハルやウメコも元気だ。いい一日になりそうだと、思った。


装二郎が目を通しているという一般に公開されている陰陽寮の活動報告書を、まりあも読むことにした。

陰陽寮というのは官僚組織である。主な仕事は、ありとあらゆる物事を占う卜筮《ぼくぜい》、暦《こよみ》の作成を行う暦《れき》、天体や気象を観測し、天変地異を記録する天文、時を調べ人々に知らせる漏刻《ろうこく》。その中で、特殊な存在なのは天皇に直接仕える官人陰陽師達。彼らは勅命により、帝都にはびこるあやかしを退治している。

太陽が沈み、闇に支配された時を迎えると、化け物が現れる。それはあやかしが転じたもので、人々の血肉を求めて襲いかかってくる。

餌食となっているのは女性が多いが、被害に遭っている男性もいるようだ。山上家が花嫁を攫う噂話が独り歩きし、被害者は女性だけという情報が出回っているのだろうか。その辺は、よくわからない。

陰陽師は帝都の平和を守るために、化け物へと転じたあやかしを呪術で祓う。と、ここまで読んでまりあは報告書を閉じた。

化け物へと転じたあやかし達は、赤い札を貼られ、誰かに操られている状態だった。けれど、それについては報告書にいっさい書かれていない。

以前、装二郎が話していたことを思い出す。化けを得意としているあやかしは強い力を持たない。それゆえに悪用されてしまうのだと。

もしも化け物の力を利用している者がいるのだとしたら、悪いのはあやかしではない。諸悪の根源は、札であやかしを操る人間だ。

山上家は古くからあやかしを匿っているという。人とあやかしの関係についてなにか知っているのかもしれない。傷ついたあやかしを保護しているので、まちがいないだろう。もしかしたら、九尾の黒狐も山上家の者に助けられたあやかしなのか。

そうであれば、助けてくれたのも納得できる。

「ウメコ」

「はい、なんでございましょう？」

名を呼ぶと、暗闇から川獺のあやかしが姿を現す。

「質問があるの。山上家の者達はあやかしを匿っているけれど、彼らが囚われ、利用された挙げ句、傷ついている原因についてなにか知っていますの？」

「わたくしめは、なにも存じておりません」

嘘か本当か。今回ばかりは読めない。

たとえ知っていても、ウメコは事情を話さないだろう。彼女はまりあに仕えている
ものの、本来の主人は装二郎である。すべての事情を話すわけがなかった。

続いてコハルを呼び出した。コハルも、傷ついた状態で山上家に保護されたあやか
しである。

「コハル、山上家に匿われた日のことを覚えていますか？」

「あの、ごめんなさい。記憶が曖昧で」

望んだ答えは返ってこない。やはり、装二郎本人から聞き出す必要があるようだ。

「ウメコ、装二郎様をたたき起こしていただけます？　わたくしから話があると伝え
てくださいまし」

「かしこまりました」

時刻は十六時。十分、睡眠は取れただろう。遠慮なく、装二郎と面会できないか聞
いてきてもらった。

十分後、装二郎の寝室に呼び出される。

「寝室、ですの？」

「はい。その、まだお眠りになっていたいご様子で」

なんて堕落しているのかしら――という言葉はごくんと呑み込んだ。ウメコやほか

のあやかしにとって、装二郎は仕えるべき主人。個人的な感情を吐露するのはよくないだろう。

「では、まりあ様、寝室までご案内します」

「ええ」

山上家の屋敷は広い。まりあは迷子にならないように、ひとりでは出歩かないようにしている。壁や床、天井も真っ黒で、昼間であっても家の中は薄暗い。どこか不気味で、普段可愛がっている狸や狐でさえも、すれちがったら不気味に見えるくらいだった。ウメコのあとに続くこと三分ほど。装二郎の寝室にたどり着いた。

廊下と寝室を隔てる襖の前で、ウメコが装二郎に声をかけた。

「まりあ様をお連れしました」

ウメコは耳に手を当てて、装二郎の反応を待つ。が、いっこうに返事はない。

「えーっと、まりあ様、その、どうぞ」

「返事がないけれど、入ってもいいの？」

「ええ、起きてはいると思いますので」

どうやら起きたばかりらしい。ぼんやりしていて、なにを聞いても返事がないときがあるそうだ。

「お話が終わりましたら、お声がけくださいませ」

ウメコはそう言って、闇に呑まれるように姿を消した。手にしていた提灯《ちょうちん》を置いていってほしかった。周囲は再び闇に包まれてしまう。

残されたまりあはため息をつき、襖に手をかけた。どうやら窓がないらしく、寝室も真っ暗である。人の気配を感じないが装二郎がいるという。

心細さを押し殺し、まりあは声をかける。

「入ります」

やはり、返ってくる言葉はなかった。そろり、そろりと寝室を歩いていく。爪先に布団のようなやわらかなものが触れ、まりあは立ち止まり、腰を下ろす。ここでやっと、すう、すうという寝息が聞こえた。

「眠っている!?」

信じがたい気持ちになったものの、どこかほっとする。暗闇の中に、自分ひとりだけが取り残されたような気分になっていたのだ。

が、装二郎の寝息にほっとしている場合ではない。話をしなければならないのだ。

「装二郎様、装二郎様」

申し訳ない気持ちがあったので、優しく声をかけた。しかしながら、いっこうに目覚めず、このままでは埒が明かない。そう思ったまりあは腹から声を張り上げた。

「装二郎様、起きてくださいませ!」

「はっ!!」

装二郎は目を覚まし、上体を起こした。

「お眠りのところ、大変申し訳なく思います」

「まりあ……？　どうしてここに？」

「ウメコを通じて、お話しをしたいとお願いしていたのですが」

「夢の話かと思っていた」

「現実ですわ」

装二郎は枕元にあったあんどんに、マッチで点けた火を落とした。ぼんやりと部屋を照らす。彼は今日も、外出用とおぼしき上等な着物で眠っていたようだ。

「その恰好では眠りにくくありませんの？」

「ぜんぜん」

「さようでございましたか」

つくってあげようと百貨店で寝心地がいい生地を選んで買ってきたが、意味のないものだったか。と、そんなことを考えている場合ではなかった。

「単刀直入にお聞きしますが――この屋敷にいるあやかしを傷つけているのは、どなたですの？」

「あー、それ？　よく、わからないんだよねえ」

ゆったりのんびりした物言いに、まりあはがっくりとうな垂れてしまう。

「では、ここにいるあやかし達はどうやって保護されたのですか？」

「気づいたら、増えている感じ」

あやかし達の記憶も曖昧で嘘か本当か、確かめる手段はないようだ。

「もう一点。陰陽師達は、操られているあやかし達を束縛から解放しないまま、退治しているような報告書が上がっているようですが、それに関して、抗議はしませんの？」

「あやかし退治は、御上の意向だからねえ。一介の華族がどうこう口出しできるものじゃないんだよ」

治安がいいとは言えない帝都では、事件がいくつも起こる。あやかしは操られているだけだから、束縛から解放してほしい、なんて訴えがまかり通るわけがないという。

「そもそも、どうやって操られているかもわからないから、こちらから手の出しようがないよね」

「え？」

「ん？」

どうやって操られているかわからないと言っているが、まりあには化け物に貼られた札がはっきり見えた。

それをそのまま、装二郎に伝える。

「札だって!?　君には、それが見えると？」

「え、ええ」

装二郎は目を見開き、信じがたいという表情でまりあを見つける。

「困ったな。まさか、我が一族が千年以上も血眼になって探していた、『魔眼』を持っている人が見つかるなんて」

「魔眼？」

「見えないものを見ることができる能力だよ。まりあ、君は魔眼を持っているんだ」

まりあは言葉を失った。

第三章
契約花嫁は、自らの能力《ちから》に気づく

まりあには異能《いのう》が備わっている。それは山上家が千年もの間、探しても見つからなかったものだという。

まりあ自身も驚いたが、装二郎にとっても衝撃的だったようだ。

「えーっと、う――――ん。そっか、まりあが、魔眼……。ええっ……、嘘でしょう?」

珍しく装二郎はうろたえていた。もしかしたら、当人であるまりあよりも戸惑っているかもしれない。

「ごめん、まりあ。きちんとした状態で一回話したいんだけれど」

「わたくしは最初から、それを望んでおりましたが?」

「ごめん。雑談をしに来たのかと」

「雑談でしたら朝食のときにしますわ」

「だよねえ」

しばし、隣の部屋で待つように言われた。

装二郎の私室は、文卓と小さな茶簞笥、あんどんがあるだけの殺風景な部屋であった。寝室同様窓はなく、あんどんひとつの灯りだけでは薄暗い。まりあはどこにいたらいいのかわからず、部屋の隅で立って待つ。

十分後、身なりを整えた装二郎がやってくる。襖を開けた瞬間、まりあを見てギョッとした。

「え、なんで立っているの？」

「どこに腰を下ろしていいのかわからず」

「ああ、ごめん」

装二郎は文卓の前に置かれた座布団を指さした。

「装二郎様の座布団は？」

「ああ、大丈夫」

夫を差し置いて座布団に座ってもいいものか。ただ、まりあは本当の妻ではなく、契約で結ばれた関係だ。ここで夫を差し置いてなどと言うのはおこがましいのかもしれない。自分はこの家に身を置いているだけの他人だ。ならば、座布団を使ってもいいだろう。

なんてことを考えながら座布団に座った。装二郎もまりあの前に腰を下ろす。

「なにから話していいのかわからないけれど、この先、まりあには我が家の家業に協力してもらうかもしれない。だから、山上家の歴史を聞いてほしい」

それは、男達が狩衣《かりぎぬ》を、女達は十二単《じゅうにひとえ》をまとう時代まで遡る。

「驚くべきことに、当時、人とあやかしは、共存共栄していたんだ」

あやかしは人の前に現れず、人もあやかしを見ても気づかないふりをする。各々住み処を分け、平和に暮らしていた。

「それが崩れたのは、いつだったか……」

当時は、波乱の時代だった。天変地異が各地で起こり、騒ぎに乗じて天下を取ろうと謀反《むほん》を企む者、盗みを働く者、人斬りを楽しむ者と、人々の安寧《あんねい》はいつまで経っても訪れなかった。

「陰陽師の占いも外れてばかりで、一度、陰陽寮の廃止の声も上がったくらいだったんだ」

そんな中で、波乱の原因を突き止めたと声を上げる者が現れた。天才陰陽師と呼ばれた男、〝芦名《あしな》〟である。

「芦名はこの世を悪にたらし込む存在に気づいたと言ったんだ。ある武家の一族があやかしの力を借り、暗躍していると」

糾弾されたのは、武家として名高い癒城《ゆしろ》家の当主だった。

「当時、癒城家の主が本当にあやかしと手を組んで、騒ぎを起こしていたのか証拠はなかった。けれども、瞬く間に癒城家の主は追い詰められていった」

次々と一族の者達が処刑される中で、最後の最後に主の首が飛んだ。だが実際のところ、癒城家の主はあやかしを扇動していなかったのだ。

それなのに一族皆殺しにされてしまった。

「先の見えない暗黒時代に人々は耐えられなかった。わかりやすい悪が必要だったんだよ」

だが、癒城家の主は、一族を陥れ、手にかけた人々を恨まなかった。そればかりか、同じように悪とされてしまったあやかし達に同情していた。

この先、あやかしも悪として排除されるだろうと考えたのだ。

癒城家の主は、武家の生まれでありながら人を殺《あや》めることを得意とせず、戦相手の死にも静かに涙するような穏やかな男だったのだ。

「そんな主の亡骸《なきがら》をあるあやかしが持ち出した。その後、飛んだ首を元に戻し、癒城家の主の魂を引き寄せ、肉体へと戻した」

生き返った癒城家の主にあやかしは命じる。すでにあやかし達は悪として利用され、虐《しいた》げられている。どうかその手で救うように、と。

「以後、正体を隠すために癒城家の主は山上と名を変えて、あやかし達を助けてきたんだ」

やがて山上家は武器の売買や磁器の海外輸出などで大きな財を得た。結果、国内でも有数の富豪となり、華族の一員として選ばれる。

「あやかしが繋いだこの命は、あやかしのために使う。それが山上家の古くからのしきたりなんだ」

千年前からそうして生きてきたのだという。長年、山上家のあやかしは人の世に交じってうまくやってきた。

だが、癒城家を陥れた人物だけは不透明のままだったという。

「山上として生まれ変わったあと、初代の主は癒城家を悪と糾弾した陰陽師、芦名との接触を図ろうとした」

しかしながら、陰陽寮に芦名という天才陰陽師と呼ばれた男は存在しなかったのだ。

「初代の主を助けたあやかし曰く、裏で糸を引いているのは雲隠れが異常に得意な存在だと」

それがなんなのかは、いまだにわかっていない。千年もの間、あやかしを利用し世を暗黒に陥れる悪は、今もどこかに存在するのだ。

それを見抜くには、魔眼がどうしても必要だった。

「魔眼の伝説は世界各国にあった。先祖達は代々、血眼になって探した。けれども見つけられなかった」

装二郎は真っ直ぐにまりあを見つめる。

「君が本当に魔眼の持ち主であれば、我々山上家の戦いは終焉を迎えるだろう」

壮大な話に、まりあは生唾をごくんと呑み込んだ。

「あの、わたくしの勘ちがいである可能性もあります」

「でも、怪しい札が見えたんでしょう？　それを剝いだら、化けが解けた。だったらまちがいないよ」

本当に、そうだろうか。まりあは今一度、当時の状況を思い出す。

「そういえば、コハルも見えていたようでしたが？」

「コハル？」

「わたくしと契約を結んだ子狐ですわ」

「まさか、名付けをしたの？」

「ええ」

名付けについてはウメコが報告していたはずだ。その点を指摘すると、ここ数日、多忙で、事件前のまりあに関する報告をきちんと聞いていなかったという。

「なんてことを——いや、ここ千年であやかしに友好的な花嫁は、まりあが初めてだったんだ。注意しようがない」

なにやら早口で、ぶつぶつと捲し立てるように呟いている。やはり名付けは気軽にしてよいものではなかったらしい。

「名付けは大変危険な呪術なんだ。もしも格上相手ならば、命を奪われていた可能性がある」

「ええ、その辺の話はウメコから聞きましたが……その、ごめんなさい。以後気をつけます」

「うん。こちらのほうこそ、説明していなくて悪かったよ」

話を魔眼に戻す。

「コハルは君と契約しているから札が見えたのだろう。契約しているあやかしは、主人の能力を少しだけ使えるんだ」

「なるほど」

つまりコハルに呪符を持たせていた場合、呪術の発動が単独でできる、というわけである。

「ただ、君が助けた化け猫のように強制的な使役状態であれば、理性もなく、暴れ回ることしかできない」

帝都で暴れている化け物のほとんどは、強制的に使役されたあやかし。ただただ、無差別に人を襲い、殺戮《さつりく》を行うばかりだという。

あの夜、まりあが出会った九尾の黒狐は理性的に見えた。残念ながら、今その話をしようとしても口から出てこないのだが。

千年前、初代山上家の当主を助けたあやかしがいたという。同じように、山上家に嫁いできたまりあのことも助けてくれたのかもしれない。

「一度、まりあを本家に連れていこうと思う」

「本家？　ここが本家ではありませんの？」

「建前上は本家だよ。けれど、真なる本家は別にある」

それには理由があると装二郎は続ける。

千年前より、あやかしを匿う山上家をよく思わない者達がいたそうだ。時に、命を狙われることがあった。

「癒城家の二の舞にならないように、山上家の者達は極力姿を隠しているんだ」

「そうでしたのね」

「ちょっと普通とはちがうから、いろいろ驚くかもしれないけれど」

家業については本家で話すと言う。まりあは従うほかなかった。


三日後、まりあは山上家の本家へと招かれる。

馬車に乗る際、蛇のあやかしである御者の青年に気づく。前回の襲撃で怪我を負っていたが、完治したようだ。まりあは安堵する。

移動すること一時間ほど。帝都を出て、鬱蒼《うっそう》とした林道を進み、霧深い道を駆け抜けた先にあった。

「ここが、山上家の本家……」

帝都にある屋敷も立派だったが、郊外にある本家はさらに大きい。周辺は霧がかっており、視界は悪かった。見えている部分だけでも圧倒されるような屋敷である。

馬車を降りて門を潜ると、どこからか白檀の香りが漂う。

「この香りは――」

「邪祓いの香だよ」

化け物は白檀の香りを嫌う。そのため、本家に接近しないようさまざまな場所で焚かれているらしい。ときどき、装二郎からも白檀の香りを感じた。

邪祓いの香りをあえてまとっていたのだろう。

たった今感じた匂いは、装二郎がまとう白檀とも異なるように思える。産地によって、匂いがちがうように感じるのかもしれない。

歩いているうちに、さらに霧が濃くなる。まるで異世界に迷い込んだようだった。前を歩く装二郎の姿さえかすむくらいである。はぐれたら二度と会えないのではないか。そう思うほどであった。

そんな中、装二郎は振り返って言った。

「まりあ、手を」

「ええ」

装二郎は自然にまりあの手を引き、玄関まで歩く。彼の手は温かく、不安だったまりあの緊張を解してくれるようだった。

やっとのことで屋敷の玄関にたどり着いた。

薄暗い帝都の屋敷とは異なり、本家は白を基調とした明るい内装である。装二郎とまりあを迎えたのも、あやかしではなく四十代くらいの人間の男性だ。

装二郎はまりあから手を離し、先を歩く。途端に不安に襲われた。

通された部屋には二十名ほどの男女の姿があった。左右ずらりと並び、正座している。皆、やってきたまりあを驚きの表情で見つめていた。魔眼の話を聞いているのだろう。居心地の悪さを感じたが、我慢するほかない。

部屋の上座に座布団が置かれていた。まりあは末席に座るのだろう。

当主である装二郎は当然上座だ。上座の斜め前も空いているが、あそこは親族の誰かが来るのだろう。ここでしばしお別れである。

そう思っていたのに、装二郎は末席に腰を下ろした。

「装二郎様!?」

「まりあは、あそこだよ」

装二郎が指差したのは、上座の斜め前。いったいどういうことなのか。装二郎をじっと見つめる。

まりあが戸惑って立ち尽くしているうちに誰かがやってきた。年若い男性である。まりあは男の顔を見て、悲鳴を上げそうになった。

長着に袴姿の男は、装二郎とまったく同じ顔だったから。振り返っても装二郎は末席に座っている。まりあのほうは見ておらず、ぼんやりと宙を眺めていた。

「君が、花嫁候補のまりあ嬢だね？」

「え、ええ、そうですが、あなたは？」

「私は、山上装一郎《そういちろう》。山上家の真なる当主だ」

いったいどういう意味なのか。まりあは胸を押さえ、装一郎と名乗った男性を睨むように見た。

すると、「山上家の当主は、千年前より命を狙われていた」と、装一郎が疑問に答えるかのように話し出す。

三百年前、一家断絶の危機に陥ったときに、ある大がかりなまじないを血に刻み込んだ。それは、生まれる子どもは必ず男の双子になるというもの。

「長男は継承者、次男は予備。――消費するのは、予備でいい。山上家では長きにわたり、表舞台に出る主は予備たる次男が務めていた」

当然、命を狙われるのも予備の務めである。そうでもしないと、山上家の者達の命は続かなかったのだ。

「花嫁の選定も、予備の大事な務めだ」

一年間、花嫁が山上家にふさわしい者かどうか調べる。そのために契約を結ぶのだと装一郎は説明した。

「では、わたくしと結婚するのは装二郎様ではなく——」

「私だ」

特大の衝撃に襲われた。ありえない話だろう。

「契約期間は必要以上の接触を禁じている。でないと、花嫁は入れ替わりに気づいてしまうから」

「まさか、双子であることを黙って、一年後には入れ替わって結婚するつもりでしたの？」

「そういうことになる」

装一郎と装二郎は双子で、顔も声もそっくりだ。接する機会が少なければ気づかないだろう。

予備は継承者のふりをしなければならなかったようだ。双子と言えど、性格はそれぞれちがうから。装二郎は緩く、のんびりしている。一方で装一郎はどこか冷めていて、こちらが思わず萎縮《いしゅく》してしまうような威厳を漂わせていた。

「契約期間の途中でここにやってきた花嫁候補は、まりあ嬢、君が初めてだ。詳しい話は座って話そう」

装一郎はそう言って、まだ立ったままでいたまりあに座るように命じた。まりあは装一郎の斜め前には座らず、くるりと踵を返す。スタスタと親戚達の間を通り、装二郎の隣に腰を下ろした。

「え、まりあ！　君の座る場所はここじゃないよ」

「いいえ、ここでかまいません。わたくしは、装二郎様の花嫁候補ですから」

周囲がざわめく。信じがたいという視線がこれでもかと突き刺さった。

山上家の真なるしきたりなんて結婚前に聞いていない。まりあは装二郎と結婚するつもりでやってきたのだ。それをいまさらねじ曲げるつもりは毛頭なかった。

「装一郎様の命令に従わないなんて、生意気な女！」

立ち上がり、まりあを責める者に見覚えがあった。夜会で装二郎の頬を叩いた少女である。どうやら、山上家の親族だったようだ。

「藤《ふじ》、大人しくしろ」

装一郎のひと言で、藤と呼ばれた少女は大人しくなった。頬を染め、静かに腰を下ろす。

「本来ならば、装二郎《あれ》が私を完璧に演じなければならなかった。それなのに夜会でうっかり本名を名乗った挙げ句、素の状態で花嫁候補として選んだ。その辺の不手際は詫びよう。すまなかった」

装一郎は膝をつき、深々と頭を下げる。まりあはどう反応していいのかわからず、装一郎のつむじをじっと見つめていた。

視線が再びまりあのもとへと集まる。装一郎を許せと言葉もなく訴えてくるようだ。

「山上家の花嫁の選定方法については、把握しました。どうか、頭をお上げくださいませ」

「感謝する」

ただ、理解しただけで受け入れたわけではない。まりあはそう目で訴える。

「花嫁の選定についてはひとまず措いておくとして、まずは、我が家の家業について説明する」

山上家の家業――それは、化け物となったあやかしを助け、匿うこと。

「化け物への変化は、致命傷を負えば解ける。化け物退治をする陰陽師を攪乱《かくらん》し、あやかしを保護するのが仕事だ」

「そう、でしたのね」

「あやかしはなるべく傷つけたくない。それゆえに戦わないようにしている。ただ、封印が難しいときには、弱体化させるために戦闘も行っている」

それらの活動は、夜間に行われる。太陽が沈むと山上家の者達は外に出て、帝都を見回っているのだという。

「装二郎様が昼間に眠そうにしていたのは、見回りをされていたからなんですね」

「まあ、そうだね」

昼あんどんだと思っていたまりあは、心の中で謝罪した。

「これまで、化け物となったあやかしの術を解くには、致命傷を与えるしかなかった。その場合、あやかしに戻したあと特殊な治療を行っていたが、それらは術者にも負担が大きい。どうにかならないかと、長年問題となっていた」

保護したあやかしは治癒させる。そこまでが、装二郎の仕事らしい。

あやかしの怪我の治りは、個体によってそれぞれ。長引くと、それだけあやかしは苦しい思いをする。

「しかしながら、まりあ嬢、君は化け物を操る札が見えると聞いた」

「まだ一度しか見ていないので、絶対に、というわけではないのですが」

「それでも、我々山上家にとっては大きな一歩である」

ここで、装一郎はある提案をした。

「夜の見回りをして、あやかしの保護に努めてくれないだろうか？　まりあ嬢の力が必要だ」

山上家の者達の千年にも及ぶ無念は、容易に想像できる。まりあもあやかしを利用し、悪事を働く者に対して怒りを覚え始めていた。

ただ、ひとつだけ。まりあには従えないことがある。

「わたくしは、真なるご当主様、あなたと結婚するつもりは毛頭ありません」

「ほう？」

まりあは装二郎と結婚するつもりで山上家へとやってきた。もしもできないのであれば、結婚自体なかったことにしてほしい。そんな条件を出す。

「まりあ嬢、あれは予備だ。長生きはしない」

「どうして、そう言いきれますの？」

「長い長い歴史の中で、長生きした予備はいないからだ」

花嫁の選定を終え、当主の子どもが生まれたあと、三年以内に予備は儚くなる。新しい予備と入れ替わるように、命を散らしてしまうのだ。

それはまじないの中に含まれる、呪いなのかもしれない。

「化け物による襲撃、犯人不明の暗殺、病死、事故死……死因はさまざまだが、予備の命は若くして散る定めなのだ」

「そんな――！」

のらりくらりと生きているように見える装二郎が、そのような運命を背負っていたなんて。まりあは信じがたい気持ちになる。

「予備に肩入れするだけ、無駄。いずれなくなる命なのだ」

「でしたら、わたくしが守りますわ」

そのための魔眼なのかもしれない。もしも本物ならば、予備の運命をねじ曲げ、未来を見通すこともできるのではないだろうか。

「あやかしの命も、装二郎様の命も、わたくしが守ります！」

もう話すことはない。そう判断し、まりあは装二郎の腕を引いて立ち上がらせる。

ぐいぐいと襖のほうまで引きずって歩き、最後に振り返って言った。

「それでは、ごきげんよう」

開けた襖をぴしゃりと閉める。ずんずんと廊下を歩いていたら、装二郎が咎《とが》めるように叫んだ。

「ちょっ、まりあ！　まりあ、止まって！」

「わたくし猪年ですので、すぐには止まれません」

「そ、そうなんだ」

それで納得してくれたのか、装二郎は大人しくついてくる。ただ、霧の庭はひとりでは攻略できない。まりあは装二郎を振り返る。

「門まで誘導していただけるかしら？」

「まりあ、今ならまだ間に合う」

「なにが、ですの？」

「君が選ぶのは僕じゃない。装一郎なんだ」

装一郎と結婚させるために装二郎はまりあを選んだ。本人の口から聞かされるとまりあも衝撃を受ける。けれども、意志を曲げるつもりはなかった。

「わたくし、あなたと結婚するつもりでまいりましたの。いまさら、ちがうと言われても納得できませんわ」

「強情だな」

その言葉には、頷くほかなかった。

霧深い庭を通り抜け、門の前に待機していた馬車に乗り込む。すぐに、馬車は動きはじめた。

「まりあ、すまなかった。君を騙すように契約を結んでしまって」

「あなたはどうして慣例どおり当主を名乗らず、ご自分の名前をおっしゃったの？」

「うーん。よくわからないんだけれど、たぶん、お役目も忘れるくらい、まりあの強い瞳に魅入られてしまったんだと思う」

「そ、そうですか」

両親から受け継いだ容姿を褒められたならば、「はいはい」と聞き流すつもりであった。しかしながら、装二郎はまりあの瞳の強さを褒める。それは、まりあの内側から生じるものだ。

彼はずっと、久我家や取り巻く環境は関係なく、まりあ自身を見ている。それは、まりあが心のどこかで望んでいるものであった。

「そういえばあなた、名乗ったあと、口にしてはいけないことを言ってしまったみたいなお顔をされていましたね」

「そうそう。装二郎って言ったらダメだったんだよねえ。君に会うまでは装一郎として振る舞っていたし、あんなヘマをしたことなんてなかったのに。不思議だ」

遠い記憶を懐かしむような表情にムッとする。すでに装二郎だけ蚊帳の外にいるように感じて、腹立たしくなった。問題は、現在も解決していないというのに。自然と、返す言葉が鋭くなる。

「でしたらずっと、ご当主様を演じていましたの？」

「そうだね」

「本家を一歩出たら、どなたも装二郎様、と呼ばなかったのですね」

「あやかし以外はね。本家の人達は、僕を名前で呼ばないよ」

「ご当主様の名前で呼ばれていますの？」

「ちがう。僕の呼び名は、予備だよ。ずっとね」

「そんな」

装二郎は瞳を伏せる。おそらくずっと、装二郎は装一郎の影として生きてきた。予備は継承者を守るために生き、そして命を散らす。そんな運命を、装二郎は当たり前のように受け入れていたのだろう。

「装二郎様！」

「な、なに？」

突然大きな声で叫んだので、驚いているようだった。まりあは気にせず、言葉を続けた。

「あなた様は、世界にただひとりしかいない、装二郎様です」

「う、うん」

「そして、わたくしは、装二郎様の、妻です。覚えておいてくださいませ」

「まりあ……」

思い返せば今までの装二郎の発言には、不可解な点がいくつかあった。結婚後もどこか他人事のような態度でいたのも、そのうちのひとつだろう。

「早く結婚したいとおっしゃっていたのは？」

「それは本心。だって、まりあみたいな元気なお嬢さんとの結婚なんて、一年間限定とはいえ、楽しいに決まっているじゃない」

「一年後、別の方と結婚すると聞いて、わたくしが納得すると思っていましたの？」

「まあ、うん。その辺はあまり考えていなかった。でも君はご両親の援助をしてほしいって言っていたから、なんとかなるって思っていたんだ」

「なるほど」

だが、事態は想定外の方向へと転がる。まりあの両親は山上家の援助を望まなかった。装二郎についても、華族令嬢でないまりあと結婚してくれる好青年だと気に入ってくれたのだ。

「もう、どうしようかと悩んだよね」

「わたくしが、ご当主様との結婚を拒絶しないとお思いでしたか？」

「それもだけれどなんていうか、素の状態で他人と接することなんてなかったから」

まりあの両親は装二郎を信用し、娘を送り出した。なのに、彼は自分自身を評価されない人生を当たり前だと思って歩んできた。

「だから、恥ずかしいというか、照れてしまったというか、なんだろう。くすぐったい気分になったんだよね」

装二郎は予備と呼ばれ、双子の兄の代わりに当主を務めてきた。これまで、どんな気持ちで生きてきたのか、まりあには想像できない。胸がぎゅっと締めつけられる。

「あやかし達はまりあを気に入るし、まりあもあやかし達を可愛がってくれるし、まりあ自身も可愛いし。僕の目は確かだったんだって思ったよね。でも、まりあは装一郎の花嫁となる女性。だから、必要以上に近づいてはいけないって思っていて。夜、働いていたこともあったし、日中はなるべく部屋に引きこもって食事も朝以外一緒にとらないようにして、極力まりあと会わないようにしていた」

「そう、でしたのね」

「寝てばかりのダメ夫だと思っていた？」

「はい」

正直な回答に装二郎は笑みを深める。「君はそうでなくては」と嬉しそうに言った。

「本家で話を聞いたとき、びっくりしたでしょう？」

「ええ」

「あ、藤が生意気言ってごめんね」

本家の者達が集まる中で、ひときわ美しい少女がいたのを思い出す。

「藤さんというのは、夜会にいらした女性ですよね？」

「そうそう」

「あの日、どうして頬を叩かれていましたの？」

自分も装二郎の頬を思いっきり叩いたことは棚に上げ、質問を投げかける。

「ああ、あれは、装一郎に片思いしているみたいで、花嫁として選んでくれって言ってきたんだ。自己推薦は承っていないから色仕掛けでもしたら？　って返したら、最低という言葉と共に頬をガツンと叩かれて」

「なるほど」

たしかに、助言の内容は最低である。ただ、山上家には古くからの慣習があった
——当主の花嫁は予備が選ぶ、というものが。

装二郎自身がピンとこなかった相手に対しては、そう言うしかないのだろう。

「それにしても、予備の選んだ花嫁が継承者との結婚を拒むだなんて前代未聞だよ」

「これまでの花嫁は、大人しく従っていたのですか？」

「そうだよ。というか、予備は当主のふりをしていたから知らないまま生涯を終える」

「あの場にいらっしゃった親族の中に、お母様はいらっしゃらなかったのですね」

「うん。基本的に当主たる夫が死んだら、その妻は地方にある別邸に移ることになっているから」

いったい、これまでの予備はどのような思いで役目を果たしていたのか。なんと言っていいものかわからず、まりあは「そうでしたのね」とだけ返した。

あの場にいた親族達は、一族の中でも強い力を持つ者達らしい。

装一郎に片思いする少女、藤も難しい呪術を操るという。

「これからどうすればいいものか」

装二郎の困惑混じりの言葉に、まりあはすかさず答えた。

「どうするって、わたくしはあなたの未来をこじ開けるつもりですが」

「こじ開ける？」

「ええ。予備の方は代々、短命だとおっしゃっていたでしょう？　そうならないための道を探ろうかと」

「無理だよ、まりあ」

「どうして行動を起こす前から、無理だとおっしゃいますの？」

「それは……」

装二郎はきっと、物心ついたときから先の短い人生について説かれてきたのだろう。

装二郎が納得していても、まりあ自身は納得しない。

「先ほど宣言したとおり、わたくしはあなたをお守りします」

「君が、僕を？」

「ええ」

まりあの宣言を受けて、装二郎はきょとんとしていた。その後、固まったまま動かなくなる。意識はあるのかと顔の前で手を振ると、はっと我に返ったようだ。

「まりあ、君はどうしてそこまでしてくれるの？　僕に肩入れするほど交流もしていないのに」

「それは、あなたがわたくしを見つけてくださったから」

「見つけた？」

「出会った日の、夜会の晩。誰もわたくしを見てはくれなかった。けれど、あなただけはわたくしを見つけてくれた」

足が速いとか物怖じしないとか、女性に対してその評価はどうなのかという内容だったように思える。それでもまりあは嬉しかった。

「夜会の晩――没落したわたくしに向けられる視線は冷たかった。嘲笑《あざわら》う人さえおりました。けれどあなたは、わたくしがどこの誰であろうと気にしていなかった。だからわたくしも、あなたがどこの誰かということは気にしません。なにがあっても、装二郎様だけの妻であろうと思っています」

決意は絶対に揺らがない。まりあは真っ直ぐ装二郎を見つめた。

夕暮れを背に馬車を降り、帰宅する。

玄関を開いた途端、狐や狸達がわらわらと集まって出迎えてくれた。遅れてウメコもやってくる。

「まりあ様、おかえりなさいませ」

「おかえりなさいませ！」

「お待ちしておりました！」

狐の中にコハルを発見して抱き上げた。コハルだけずるい。自分とも契約してくれと声が上がる。

「こらこら。まりあはすべてのあやかしと契約を結べるわけではないんだよ」

装二郎がおっとりと諭すように言った。すると彼らは大人しく従う。

ふと、視線を感じた。目を向けると、先日保護した白猫がまりあを見つめていたようだ。視線が交わるとさっと姿を消す。

「あの子は素直じゃないみたいだねえ」

「まあ、それぞれなのでしょう」

まりあは不思議な気持ちに気づく。結婚して一か月とほんの少ししか経っていないのに、心がほっと落ち着いている。まりあにとって帰るべき家はここなのだろう。決して帝都の郊外にある霧の屋敷ではない。今、はっきりと気づいた。

「装二郎様、今宵からお仕事に同行したいのですが」

「うーん、そっか。わかった。だったら、まりあの使う呪符や武器を持って部屋に来てくれる？　あ、少し休んでからでもいいけれど」

「いいえ、すぐに用意してまいります」

コハルを抱き上げたまま部屋に戻り、書き溜めていた呪符を取り出して風呂敷に包む。玄関に置いてある仕込み刃入りの傘はウメコに持ってくるよう命じた。

襟巻きに変化したコハルを首に巻きつけて装二郎の書斎に行くと、文卓が横に除けられ、畳が剝がされた状態になっていた。

なんと畳の下には隠し扉があった。

「話は、地下部屋でしよう」

一緒に来たウメコは地下には潜らず、出入り口で待っているらしい。傘を受け取り、隠し扉を潜った。階段を下りていった先には、茶室のような小さな出入り口があった。体を躙《にじ》って、中へと入る。

和室は六畳あり、思っていた以上に広い。独特な匂いが鼻先をかすめる。壁一面、小さな抽斗《ひきだし》があった。なにかの作業をするような場所なのだろう。

「ここは香室。香のためにつくられた部屋なんだ」

装二郎は抽斗のひとつを開け、木の枝をまりあに差し出した。

「香りを聞いてごらん」

「香りを、聞く」

「そう。聞香《もんこう》といって、香道《こうどう》では嗅ぐことを聞くって言うんだ」

聞くという字には、〝感覚を働かせて識別する〟という意味がある。

「匂いを聞いて、心で感じるんだ」

「心で、感じる」

聞香については初めて耳にしたが、不思議としっくり馴染んだ。

まりあは手にした香木を聞いてみた。すぐに、それがなにか気づく。

「これは、白檀ですの？」

「そう、正解」

この部屋では、昔からあやかしの保護に使う香や化け物除けの香をつくっているのだという。

「山上家は、香道の家元なんだ」

「まあ、そうでしたのね」

香道とは、華道や茶道と同じ芸道である。香について嗜み、『香筵《こうえん》』と呼ばれる香りを楽しむ席を開くこともあるらしい。

もちろん、山上家が多くの客を招くことはない。親族のみで行う催しだという。

「まあ、僕は招待されたことはないんだけれど」

予備に参加する権利はない。幼い頃から、そう父親に言われてきたらしい。なんて酷い話なのかと、まりあは内心憤る。

「だったら、今度ふたりでしましょうよ。わたくし、装二郎様の香りを聞いてみたいですわ」

そんな提案をすると、装二郎はまんまるの目でまりあを見つめる。

「どうかなさいましたの？」

「香筵なんて一生縁がないと思っていたんだ。そっか。自分で開けばいいんだ」

装二郎はまりあの手を握り、淡く微笑む。

「まりあ、ありがとう」

「わ、わたくしはべつに、お礼を言われるようなことはしておりませんが」

「それでも、嬉しかったから」

装二郎がやわらかな表情を見せると、まりあの気持ちは落ち着かなくなる。今は、冷静に分析する余裕はない。装二郎に話の続きを急かした。

「香は香りを楽しむだけでないんだ。白檀は昼間も話したとおり、邪祓いと鎮静効果が期待できる」

乳鉢ですった白檀に精油、精製水などを練って完成させるようだ。道具も見せてくれた。香を置く香炉《こうろ》、香に使う香炉灰、香を摘まむ火箸、香を持ち歩くための香入れなどなど。また、香とひと言で言ってもさまざまな種類があるらしい。

「まず、もっとも目にする機会が多いのが線香」

細長い棒状で、先端に火を点して香りを焚く。結婚前はまりあも、仏壇の前で毎日のように焚いていた。

「続いて、練香《ねりこう》」

薬のように丸められた香である。

「これは、空薫《そらだき》といって、熱した灰の上に置いて香りを焚きつけるものなんだよ」

ほかに、熾《おこ》した灰の上に置いて焚く焼香《しょうこう》、粉末にした抹香《まっこう》、粉末にした香を型に入れて押し固めた印香《いんこう》と、種類は多岐にわたる。

「術式によって使う香を変えていくんだ。たとえば、これ」

手に取ったのは灰色の線香。続けて、拳大の球体を取り出す。素材は青銅《せいどう》かなにかか。龍が巻きついたような透し細工が凜としていて美しい。

「これは吊り香炉。持ち運べるように鎖が付けられるんだ」

吊り香炉を開き、線香にマッチで火を落とすとじんわりと煙が立ち上る。閉じた香炉に鎖を繋げ、ぶら下げた状態で持つ。龍の口元から、もくもくと煙が漂う。まりあはくんくんと、匂いを聞いた。いくつかの香料が使用された香のようだ。

沈香《じんこう》と乳香《にゅうこう》と、あとはなんなのか。やわらかで品のある香りが部屋に満ちる。

装二郎は煙の中に人差し指を潜らせ、くるくると回した。

「香の術――狼煙《のろし》」

呪文が紡がれると煙が大きくなり、狼の形となった。まるで生きているかのように、「ぐるるる」とうなり声を上げている。

装二郎がふうと息を吹きかけると、狼の姿は消えてなくなった。

「と、こんな感じで、香りを使っていろんな術式を展開させるんだ」

「まあ！　とてもすごいお力ですのね」

「そう？　ありがとう」

装二郎は毎日ここで、香を調合しているらしい。部屋に引きこもっているのはそれが理由だったのだ。

「これが僕の能力。まりあのも聞いてもいい？」

「ええ」

まずは、首に巻いていたコハルを装二郎の前に置く。

「わたくしの相棒ですわ」

「あ、相棒だなんて」

変化を解いたコハルは恥ずかしそうに、身を縮ませている。耳はぺたんと伏せられ、萎縮するように大きな尻尾を体に巻き付けていた。

「コハル、君も化け物の体に貼り付けられた札を見たんだね？」

「は、はい。たしかに見ました」

「そうか」

これまで、あやかし転ずる化け物が人を襲う理由は謎とされていた。けれども呪術が付与された札を使って人が操っているとしたら、とてつもない大問題である。

「わたし達もきっと、あの札に操られていたんだと思います。その辺の記憶は残念ながらありませんが」

「そうだね。それをみんなで確認しよう」

装二郎はコハルの頭を優しく撫でる。不安げだった耳や尻尾がピンと立った。

「まりあ、その傘は？」

「仕込み刃入りの傘ですわ。百貨店で買ってきましたの」

引いてみせると、装二郎は「立派な剣だねえ」と感心したように呟く。

「思っていた以上に本格的な剣だけれど、まりあはこれを使って戦うの？」

「ええ。一応、剣道を嗜んでおりますので」

「そうなんだ」

「それから、こちらも」

四大属性の術式が込められた呪符を装二郎に見せた。

「これ、君が使う呪符？」

「ええ」

「四つも属性を扱えるの？」

「はい」

装二郎は目を丸くし、まりあを見つめていた。

「どうかなさいましたの？」

「いや、僕ってば、最高の妻を発見したものだと思って」

「買い被りすぎですわ」

そう返したものの、褒められて悪い気はしない。ただ、一応釘を刺しておく。

「言っておきますが、わたくし、実戦の経験はほぼ皆無ですわ。化け物を前にして、装二郎様が思うとおりの動きができる自信はありませんの」

「大丈夫。ウメコからの報告を聞く限り、山上家の中でも上位の戦闘能力があると見ているから」

「そうでしたか」

ひとまず、今夜から装二郎と共に帝都の見回りを行う。

足手まといにならないようにしなくてはと、まりあは決意を固めた。

夜回りの恰好はどうしようか。前回、着物姿で戦ったが動きづらかった。ドレスは着物以上に戦いにくいだろう。自室に戻ったまりあが悩んだ末に選んだのは袴である。

女学校時代、華美でない着物と袴は政府に認められた公の制服だった。

ひと昔前まで、袴は男性のものであった。ここ数年、女性が化け物に襲われて命を散らすという事件が多発したため、着物姿でうまく逃げられなかったのではないかという憶測が浮上したのだ。女性が活動しやすいように女袴がつくられ、出歩くことの多い女学生の制服になった。まりあは女学校時代に着慣れているのに加えて、剣道も嗜んでいる。袴姿での戦闘はお手の物というわけだ。

なにが起こるかわからないからと、嫁ぐ際、袴を数着持ってきていた。母は「嫁ぎ先に袴は必要ないのでは?」と言っていたが、まりあの判断はまちがいなかったのだ。矢絣《やがすり》柄の着物に、海老茶色の袴を合わせる。髪は、邪魔にならないよう三つ編みにして後頭部でまとめた。呪符は懐に忍ばせておく。

夜なので寒いだろう。袷《あわせ》の羽織をまとう。装二郎から貰った、銀の鈴をつけておくのも忘れない。足下は、歩きやすいように長靴を合わせた。母方の祖母が贈ってくれたもので、革張りの丈夫なものである。

そろそろ時間だろう。

「それではウメコ、行ってまいります」

「まりあ様、どうかお気をつけて」

「ありがとう」

キリッとした表情でまりあを見上げるコハルを抱き上げ、肩に乗せる。毛並みはふわふわ、温かい。いつでも戦えるよう、襟巻きに変化はさせなかった。

玄関で装二郎が待っていた。着流しに長い外套《がいとう》を合わせた姿である。帯には掛け香がぶら下がっていた。手には吊り香炉を持っている。ほかにも、香道具を着物に忍ばせているのだろう。ほのかに白檀が香った。

いつもの品のいい恰好とは異なり、庶民的でどこにでもいそうな印象であった。夜の帝都ではこの恰好が溶け込みやすいそうだ。

「まりあは女学生風で可愛いね」

「装二郎様はなんだか遊び人のようです」

「まあ、うん。それっぽい着こなしだからね。夜は真面目な人は出歩かないから」

「そうでしたね」

　男の独り歩きより、女連れのほうが目立たないらしい。まりあの同行は好都合であるとのこと。

「何回、帝国警察に職務質問されたか……」

「なんて答えていますの？」

「山上家の者ですって。そのおかげで、社交界で変な噂が広がっているんだ」

「女性を襲って、血肉をどうこうというものですか？」

「そう、それ。まったく失礼だよね」

　女性を殺め、その体をどこかへと持ち去る者はほかにいるという。

「酷いよねえ。罪をなすりつけるなんて」

　ひとまず、今宵は帝都の見回りをしなければならない。何者かに利用され、化け物に転じるあやかしがいるかもしれないから。

「まりあ、行こう」

「はい」

装二郎は吊り香炉に火を点す。中には白檀の香が入っているようだ。じわり、じわりと、香りが広がっていく。発光する呪術がかけてあるようで、香炉が角灯の役割も果たしているようだ。

門から外に出ずに庭のほうへと回った。やってきたのは池である。装二郎がそばにあった石灯籠を回すと、池の水や鯉が消えてなくなった。

「なっ、装二郎様、これは？」

「帝都の地下通路の出入り口。まさか池の中にあるなんて思いもしないでしょう？」

池の水や鯉は、幻術でそこにあるように見せているものだという。

石灯籠をさらに回すと、隠し扉が現れた。内部は迷路のように入り組んでいるらしい。装二郎は内部の地図を頭に叩き込んであるという。

「帝都の地下通路は、山上家が五百年前につくったものなんだ」

「いったい、なにを目的につくったものですの？」

「陰陽師達から身を隠すため、かな」

扉の開閉は、術式らしい。装二郎がなにやらぶつぶつ呪文を唱えると、石扉が横にずれていく。

「はしごを下って、地下に下りるんだ。暗いから、足下に気をつけて」

「承知しました」

まずは、装二郎がはしごを下りる。角灯を口に銜えて、一歩、一歩と慎重に下っているようだ。

「まりあ、いいよ」

「はい」

まりあも呼ばれたため、地下へ下りていく。

実を言えば、はしごを使うのは初めて。ドキドキしながら、はしごに足をかけた。

「まりあ、大丈夫そう？」

「ええ、なんとか」

「落ちたときは言ってね。受け止めるから」

「落ちながらお願いするという、器用なことができたらよいのですが」

なんて会話を交わしているうちに、まりあは地下へ下り立つ。装二郎としょうもないやりとりをしたのがよかったのか、そこまで恐怖はなかった。

地下は地上より肌寒い。真っ暗で、少し湿っぽいように感じた。壁や地面は石造りで、幅は狭いが思っていた以上にしっかりした造りだ。

「まりあ、ここ平気？　怖かったり、息苦しかったりしない？」

「ええ、問題ありませんわ。空気は、少し薄いような気がしますが、慣れるでしょう」

「ごめんね」

幼少期に初めてここへ連れてこられた装二郎は、大泣きしたらしい。一方で、装一郎は平然としていたのだとか。

「これが当主の器かー、なんて思ったよ」

「子どもなので、仕方がないと思います。平然としているほうが、おかしいかと」

幼い子どもを、このような場所に連れてくるなんてありえないだろう。きっと、装二郎はほかにも普通ではないことを常識として育てられたのかもしれない。胸がぎゅっと締めつけられる。

「早く、地上へ出ようか」

装二郎は懐から水晶と繋がった紐を取り出す。

「それは？」

「化け物を探す振り子だよ」

白檀の煙をかき分けるように、くるくる回す。すると紐がピンと張り、ある方向を指し示した。

「やみくもに探しているわけではありませんのね」

「そうなんだよ」

急ぎ足で振り子が示した方向へと進んでいく。

「もう、近いかな？」

装二郎が呟いたのと同時に、まりあが身に着けていた銀の鈴が音を鳴らす。

りぃん、りぃん……。

「よし、ここから上がろう」

装二郎の声にも警戒の色がにじむ。地上へ繋がる階段はいくつか設置されているようだ。

上っていった先は、細い路地裏。誰も気にしないような木箱が出入り口となっていた。そこから這い出て、地上へと出る。

「待て！」

「先輩、あっちに行きました！」

低い、男性の声が聞こえた。大通りのほうでバタバタと人々が走り回っている。

「まいったなあ。陰陽師達に先を越されてしまったか」

「みたいですわね」

装二郎は手にしていた角灯を木箱の上に置いて、懐から香入を取り出す。すでに中に香が入れてあるのだろう。マッチで火を点け、呪文を口にした。

「香の術――煙霧《えんむ》」

ぶわりと煙が一気に立ち上る。香りはなく、ただただもくもくと煙に取り囲まれる。

「装二郎様、こちらは？」

「姿隠しの香だよ。姿だけでなく、声や匂いも消してくれるんだ」

これで陰陽師から姿を発見されることはない。

大通りのほうへと進む。そこでは、上半身は女、下半身は蛇の化け物と陰陽師が戦っていた。蛇の化け物の大きさは、二米《メートル》突くらいか。

陰陽師は二名。年若い坊主頭と、三十前後で長い髪をひとつに結んだ男だった。

「まりあ、化け物に貼られた札が見えるかい？」

目を凝らして見る。すると、カッと熱くなった。まりあの瞳が、魔眼と化す。しかしながら、化け物に貼られているはずの札は捉えられない。

「ここからはよく見えません」

「そうか。だったら――」

装二郎はまりあを横抱きにし、そばにあった木箱と窓枠を蹴って屋根まで登った。

「きゃあ！」

「ごめん」

屋根の上からならば全体像を把握しやすい。そう思ったのだろうが、なにか言ってから行動に移してほしい。文句が喉までせり上がってきたものの、今は一秒でも惜しい。眼下にいる陰陽師達は次々と攻撃の術式を展開させていた。

蛇の化け物はすでに怪我を負っている。まりあは目を眇《すが》め、札を探した。カッと、目が焼けるように熱くなる。再び魔眼が発動したようだ。と、化け物の首筋に呪文が書かれた札が貼り付けられているのに気づく。

「装二郎様、ありました！　首筋です！」

「よし、でかした」

「しかし、どうやって接近すればいいものか」

「じゃあ、僕が陰陽師と化け物を引きつけるから、まりあは札を剝いでくれる？」

装二郎の作戦にまりあは頷いた。

姿を隠す呪術が込められた香入をまりあの袴の前紐にくくりつけると、装二郎自身は服をポンポンと叩く。身にまとう煙霧を払ったのだろう。

「じゃあ、まりあ、よろしくね」

「ええ」

その言葉を最後に、装二郎は屋根から飛び降りた。同時に狼煙を発動させて、陰陽師と化け物の気を引くように命じる。

香の煙から生まれた狼は、闇夜で踊るように跳ねていた。

「うわ！　な、なんですか、こいつは!?」

「それは術式だ！　そこにいるのは、山上ではないか？」

「あ、矢野《やの》さんじゃないか！　久しぶり」

どうやら長髪の陰陽師と顔見知りだったらしい。あんなに目立って大丈夫なのか心配になる。

蛇の化け物は、前に躍り出た装二郎に標的を変えたようだ。一刻も早く、呪符を剝いだほうがいい。

「って、ここからどうやって降りますの!?」

「まりあ様、お任せください!」

コハルはそう叫び、額に葉っぱを乗せて一回転する。その瞬間、小さな子狐の姿から馬くらいの大きな狐の姿へと転じた。

「どうぞ、背中に跨がってください」

「え、ええ。ありがとう」

鞍のない背中は非常に不安定である。けれど、装二郎のように自力で屋根から飛び降りるのは難しいだろう。

「では、降りますね」

「ええ、お願い」

コハルは一度身をぐっとかがめ、屋根から地上へ大きく跳躍した。

「――ッ!」

奥歯を嚙みしめ、悲鳴を上げないようにする。コハルは見事、地上に着地した。

全身の毛穴という毛穴が開いているのではないかという恐怖を味わった。だが、怖がっている場合ではない。

「おい、山上、そいつは凶暴だ！　保護するだなんて、言うなよ」

「触れあってみないと、わからないでしょう？」

「せ、先輩！　この人、馬鹿なんですか!?」

「まちがいなく、馬鹿だ」

陰陽師達が困惑気味に話している。装二郎の香のおかげで、陰陽師だけでなく蛇の化け物もまりあとコハルの存在には気づいていない。今のうちに、接近しなければ。

「コハル、蛇の化け物のそばまで行って大きく跳んでいただける？」

「そのあと、どうなさるのですか？」

「飛びかかって、首筋の札を剝がしますわ」

「そ、そんな！　危険です！　飛びかかるのはわたしがします」

「コハル、あなた、どこに札が貼ってあるかわからないでしょう？」

先ほどまりあが呪符を発見した際に、コハルは「どこに？」と小さく呟いたのだ。

前回はコハルにも見えていた。しかしながら今回は見えていないようだった。

まりあが札を見抜いたので、仕掛けた人間がそれに気づき、対策に打って出たのかもしれない。

「行きますわよ、コハル」

「は、はい」

装二郎はいくつも狼をつくり出し、蛇の化け物と陰陽師を攪乱していた。

正直、恐ろしい。けれどやるしかない。目の前の化け物は意に反し、操られているのだから。陰陽師に攻撃される前に救わなければ。

コハルが大きく跳躍したので、まりあは蛇の化け物へと飛びかかる。目を閉じたくなるほど恐ろしかったが、まりあは腹を括り、歯を食いしばる。

手を伸ばし、札を剝ぎ取った。蛇の化け物の変化は解け――まりあはそのまま真っ逆さまに落ちていく。

「まりあ!!」

受け身を、と思っていたが、装二郎が駆け寄って抱き留めてくれた。続けて、小さくなったコハルがまりあにひしっと抱きついてきた。

煙霧が装二郎とまりあの姿を隠す。

「おい、山上、どこに行った!?」

「突然、化け物と一緒に消えてしまいました!」

よくよく確認すると、装二郎の腕になにか巻きついている。三十糎《センチメートル》突ほどの、蛇だ。そこまで大きな蛇ではない。太さは、五十銭銀貨と同じくらいだろう。

悲鳴を上げそうになったが、白蛇のあやかしだったようだ。じっくり観察すると、目がくりくりしていて可愛い。白蛇はそこまで重傷ではなかったようで、すぐに元気になったようだ。まりあはほっと胸を撫で下ろす。

「まりあは大丈夫？」

「ええ」

ただ、手に握っていた札は消えてなくなっていた。犯人に繋がる証拠は得られなかったわけである。

「よし、任務完了。帰ろう」

「ええ」

そそくさと、その場を去る。行き同様に、地下通路を通って家路に就いた。

「装二郎様、もう、帰るのですか？」

「夜の逢い引きでも楽しみたかった？」

「ちがいます！　なにをおっしゃっているのですか！」

肩を叩いたら、装二郎は大げさに痛がるふりをした。まりあは額を押さえ、はーっとため息をつく。

「化け物を一体倒しただけで、ほかに見回りはしないのか気になったのです」

「安心して。ほかの地域は、山上家の親族が守っているから」

ふと、まりあは思い出す。本家に行ったときに、二十名ほどの男女の姿があったことを。彼らも装二郎同様に、夜の帝都を歩き回り、化け物と対峙しているのだ。

「地域ごとに、担当者がいらっしゃるってこと？」

「そうそう」

陰陽師も同じく、地域の担当者がいる。そのため、先ほど出会った陰陽師と装二郎は顔見知りだったというわけだ。

「逢い引きはできるならば昼間に行きたいな。夜も情緒的《ロマンチツク》だけれどね。今は寒いし」

「え？」

「まりあは、僕と出かけるの、嫌？」

「い、嫌では、ありませんけれど」

「よかった。今度、どこかに出かけようよ。いい思い出になるから」

一緒に出かけようという、誘い文句は嬉しかった。けれども、いい思い出という言い方はいただけない。まるで、まりあとの別れがすぐに訪れるように感じたから。

「思い出づくりは、嫌です」

「どうして？」

「わたくしは、一年の間に四季が巡るのと同じように、装二郎様とのお出かけを、当たり前のものにしたい」

「まりあ……」

装二郎は今にも泣きそうな、切なげな表情でまりあを見つめている。それは、どこか自分の運命を諦めているようにも見えて、余計に気に食わない。

まりあはキッと装二郎を睨むように見て、宣言しておく。

「前にも言いましたが、わたくし、装二郎様のもとを離れるつもりはありませんので。お出かけも、たくさん行きます！」

強く言いきったのがよかったのか、装二郎は淡く微笑む。そして、まりあに「そうだったら、いいね」と返した。

その声があまりにも優しいので、まりあは泣きそうになってしまった。

「それにしても、本当に驚いた。君の能力はとてつもなくすばらしい」

まりあの魔眼は、本物だったのだ。装二郎はまりあの手を握り、すごい、すごいと絶賛する。

「まりあの力があれば、山上家を陥れようとする存在を突き止められるかも」

「ええ」

はしゃぎ倒した装二郎は、最終的にまりあを抱きしめる。突然の行動に驚いたが、まりあは受け入れた。装二郎の背中に腕を回し、子どもをあやすようにそっと撫でる。

「うわっ!!」

叫び声を上げ、突然、装二郎はまりあから離れた。

「なんですの？」

「いや、こういうことをしたらだめなんだ。僕は予備だから」

呟くような言葉を耳にしたまりあは、心底呆れてしまう。

「装二郎様、まだ、そんなことをおっしゃっていますの？」

「君は、装一郎のために選んだ花嫁だし」

「あなたは、わたくしを妻に迎えたくないと？」

「いや……それは、なんと返していいものか」

優柔不断な装二郎の物言いに、まりあはムッとする。伸ばした手で装二郎の頬を撫でて、そのまま引っ張った。「痛い！」と、抗議の声が上がる。

「前にも宣言しましたが、わたくし、装二郎様以外の男性と結婚するつもりはありませんので。無理にでもくっつけようとするのならば、わたくしはあやかしの保護に協力しません」

「そ、そんな！」

ここまで言っても、装二郎は「わかった」とは言わない。別の方面から、外堀を埋める必要がありそうだ。

一筆、装一郎に手紙を書こう。あなたとは結婚できないと改めて表明するのだ。

「わたくしの魔眼は、装二郎様、あなたのためだけに使います。そう言えば、向こうも認めるでしょう」

「まりあ……」

今度はまりあのほうから装二郎を抱きしめる。装二郎が身を固くするのがわかった。まだ、まりあを受け入れるつもりはないのだろう。

「わたくし、装二郎様を甘やかして、甘やかして、甘やかしまくって、わたくしなしでは生きていけないようにしてさしあげます」

「うっ、どうしてそうなるの？」

「あなたが、わたくしを妻だと認めようとしないので」

だんだんと装二郎の体の強ばりが、解けてきたように思える。突然強く抱き返してきたので、今度はまりあが驚く番だった。

「じゃあ僕は、まりあが逃げ出しそうになるくらい、甘やかそうかな」

「甘やかしの勝負ですの？」

「うん、そうだね」

「では、受けて立ちますわ！」

こうして、契約夫婦は新たな一歩を踏み出した。

第四章
契約花嫁は、真実に触れる

共に見回りをするようになってからというもの、まりあも装二郎同様に昼夜逆転の生活を送るようになる。

それによって新しい気づきがあった。あやかし達は昼間より夜のほうが活き活きしているということだ。通常、あやかしは夜を生きる。月の光を浴びて力を得るからだという。逆に、太陽の光はあやかしを弱体化させるらしい。

山上家の屋敷が暗く、窓もない部屋がある理由は、あやかし達が過ごしやすいようにしたからなのだろう。まだまだ知らないことがあるのかもしれない。少しずつ、理解していきたいなとまりあは思った。

先日保護した白蛇はのんびりとした性格で、口数も少なく、廊下に伸びていることも多い。死んでいるのかと驚くこと数回。風呂場に迷い込み、震えているところも発見した。あまりにも、ぼんやりしすぎている。

心配になるあまり、まりあはとうとう白蛇に契約を持ちかける。もちろん、装二郎の許可を得てから。

白蛇は「契約する」と返した。まりあは白蛇に清白《すずしろ》と名付けた。あっさりと受け入れられ、名付けを以て契約は完了する。

以後、清白はまりあの腕に絡みついているか、まりあが用意した籠の中で丸まっていた。たまに、先輩であるコハルが銜えて歩いているときもある。廊下で力尽きているところを発見し、まりあのところまで運んでくれるのだ。清白はたいてい気持ちよさそうに眠っているので、その姿を見るとまりあはほっこりしてしまう。

　そんな話を装二郎に聞かせた。

「っていうか、まりあ、蛇平気なんだ」

「白い蛇は神様のお遣いだと、両親から教わったもので」

「そっか。女性って蛇が苦手だと思っていたよ」

「得意だとは思っていなかったのですが、よくよく観察してみたら、蛇って目がくりくりしていてとても可愛いのです。狸や狐とはちがう魅力があります」

　首に巻きついた清白を、可愛いでしょう？　と言って装二郎に見せる。

「いや、可愛くはないなあ」

　装二郎に可愛くないと言われても、清白はまったく気にしていなかった。温かいまりあの肌に触れながら、微睡《まどろ》んでいる。

「この前、化け猫が清白に突然、『新入り、勘ちがいするんじゃない！』なんて言葉を投げかけていたよ」

「そうでしたのね。困った子ですわ」

「きっと新入りの清白がまりあと契約したから、嫉妬しているんだと思う」

「まあ！　でしたら、素直に契約してくださいって言ってくださればいいのに」

「気持ちはわからなくもないけれど」

「どういうことですの？」

「この世は放っておけない人が得する世界だってこと、かな」

装二郎の言葉に、まりあは小首を傾げる。

「よくわかりませんわ」

「まりあも放っておけない側の人間だからじゃない？」

「その言い方だと、ぼんやりしているだけなのに、棚からぼた餅みたいな人生を歩んでいるように聞こえるのですが」

「いや、そういう人っているんだよ」

よくよく考えてみれば、まちがっていないのかもしれない。まりあは最後だと思って参加した夜会で、装二郎と出会った。偶然にも見初められ、今は不自由のない暮らしをしている。

「たしかに、言われてみればわたくしの人生、棚からぼた餅なのかもしれません」

「君はそれでいいんだ。一生苦労せずに、愛される中で暮らしてほしいよ」

装二郎はまりあとは真逆で、努力していても幸運は訪れなかったのだろう。だったら、まりあが彼にとってぼた餅みたいな存在になればいいのだ。まりあは首に巻きついていた清白を机に置いて、装二郎のもとへと回り込む。

「まりあ、なに？」

警戒する装二郎を、横からぎゅっと抱きしめた。

「本日の甘やかし、ですわ」

「突然、びっくりするから」

装二郎は耳まで赤くしていた。普段は飄々としているが、案外初心《うぶ》である。

これは装二郎をからかっているのではなく、一日一回の甘やかし。

まりあと装二郎の勝負である。まりあは装二郎を甘やかし、妻なしの暮らしができないようにする。一方で、装二郎はまりあも逃げ出すほど甘やかして、観念させるのが目的であった。

初日に甘やかしは一日一回と決め、今日に至る。一日目、装二郎は大量の菓子を買ってまりあに与えた。これが彼にとっての甘やかしなのだろう。対するまりあは、彼が買ってきた菓子を手ずから食べさせてあげた。

当然、装二郎はたじろいだ。だが、すぐに開き直ってあれを食べたい、これを食べたいと注文するようになった。

彼にとって、甘やかしとは物を買い与える行為である。まりあにとってはそうではない。甘やかしとは、我が儘を許すことである。さんざん両親がしてくれた甘やかしを、まりあは装二郎へそのまますするだけだった。

勝負は見えているような気がしたが、装二郎が「まいりました」と言うまで続けるつもりであった。


まりあのもとに一通の手紙が届く。

それは元婚約者、敦雄の母、絹子からだった。この前会って話ができて楽しかった、また一緒にお茶できないかというものである。

まりあは自然と眉間に皺が寄っているのに気づいて、指先でぐいぐいとほぐした。

以前、百貨店で出会ったときは、最後だと思って話した。それなのにまた誘われるなんて。もう会わないほうがいいと思いつつも断る理由がなかった。

こういうとき、嘘をつけない性分である己を憎んだ。

山上家に招待するわけにはいかない。狐や狸、猫に蛇、川獺のあやかしを見た途端、絹子は失神するだろう。

通常、あやかし達は姿消しの術を用いて、人から見えないように心がけている。けれども、ここにいるあやかし達は怪我をし、療養している者ばかり。姿消しの術すら使う元気がない者もいるのだ。

喫茶店ならば、問題ない。まりあは仕方なく中心部の喫茶店ならば会えると返事を書いて送った。

三日後に会うこととなる。装二郎にはただひと言、出かけてくると伝えた。

行き先は喫茶店だと言うと、それ以上追及されなかった。

ウメコの手を借りて身支度をする。

「いやはや、装二郎様はまりあ様とお出かけするのを楽しみにするあまり、夜も眠れていないというのに。お約束しているのが、装二郎様ではないなんて」

「ウメコ、装二郎様が眠れていないというのは、本当ですの？」

「嘘です！　夜はお仕事があるので眠れない、のまちがいでしたね」

「まったく、ウメコったら」

いつもの調子で話すウメコが用意してくれたのは、袷仕立ての着物。独鈷《とっこ》文様の紬《つむぎ》に、淡雪柄の帯を締める。

地味な装いだが、会うのは元婚約者の母親。華やかな恰好で会うものでもないだろう。外は肌寒いので羽織をまとった。

ウメコに感謝し、襟巻きとしてコハルを首に巻いた。鞄の中には清白を忍ばせるので、装二郎は安心しているのかもしれない。帝都で、二体のあやかしと契約している華族女性はまりあのほかにいないだろう。

馬車は喫茶店のそばで停車し、まりあは御者の手を借りて降りる。帰りは歩いて帰ると伝え、馬車を返した。

窓際に絹子が座って待っているのを発見した。今日ははっきりともう会わないほうがいいと言わなければならないだろう。没落した久我家の娘が元婚約者の母親と会っていただなんて、世間から変な勘ぐりをされても困るから。

大きく息を吸い込んで、吐く。まりあは戦いに挑むつもりで、喫茶店への一歩を踏み出した。

喫茶店の中に入ると体が一気に熱くなる。温度差に指先がじんじん痛むほどだ。鋳鉄製の暖房器具が、店内をこれでもかと暖めているようだ。

店内には煙突が通され、煙は屋外へと排出されている。ここまで暖める必要があるのか。なんて考えていたら声がかかる。

「まりあさん、こっち！」

絹子の元気のいい声が聞こえた。まりあは笑みを浮かべ会釈しようとしたが、一瞬で凍り付く。絹子の隣に、元婚約者である敦雄が座っていたのだ。

彼を見た途端、最後に参加した夜会の晩を思い出してしまう。両親から受け継いだ美貌を武器に挑んだが、結果はさんざんなものだった。装二郎と出会わなければ、惨めな思いを抱えたまま家路に就くことになっただろう。

久我家の凋落と共にまりあを切り捨てた敦雄が、どうしてここに？

彼と話すことはない。このまま回れ右をして帰りたかったが、絹子を無視するわけにはいかなかった。華族社会は損得で動いている。そこに感情は伴わない。久我家が没落したから敦雄は婚約破棄した。それだけだ。彼がまりあを嫌い、関係を解消したわけではないのだ。

胸に手を当てて、息を吐く。今、まりあは山上家の人間だ。しっかり前を向いていなければならない。心に燻《くすぶ》る複雑な感情は押し殺し、取り繕った笑みを浮かべて挨拶した。

「ごきげんよう」

敦雄さんまでいたものだから驚きましたわ、そんなことを言いながら羽織を脱いで向かいの席に腰を下ろす。膝の上に、コハルと清白が入った鞄を乗せた。

「ごめんなさいね、驚かせてしまって。敦雄がまりあさんと話をしたいって言うものだから」

「まあ、そうでしたの」

心が、スーッと冷えていく。いったい、婚約破棄した相手になにを話すというのか。

敦雄は狐よりも細い目を、さらに細めていた。笑っているのに、笑っているようには見えない。これまで何度も見た不可解な表情である。

物心ついた頃から婚約者だったとはいえ、なにを考えているかいまいちわからず、話しても回りくどいことを言うので自然とまりあの口数は少なくなる。

幼少期から会うのは月に二回と決まっていた。決して多くはなかったが、付き合いは長い。ちなみに婚約破棄を決めたのは敦雄本人で、彼の提案に父親も賛成したのだという。

敦雄とは婚約者というより、従兄《いとこ》のような関係を築いていた。年を重ねるにつれて会話は増えていったが、互いに恋愛感情はなく、関係は従兄から変わらなかったように思える。

周囲の大人達はまりあが女学校を卒業し、結婚準備に取りかかれば異性として意識し、よい夫婦になるだろうと考えていたようだ。

婚約破棄してほしい。敦雄からそう言われたとき、まりあはただ「はい」と返事をした。もう月に二回会うこともないのだな、とだけ思ったのを覚えている。

そのときは、とくに感情は揺らがなかった。婚約破棄を恨めしく思ったのはそのあと。夜会の晩である。

どうしてこんな目に遭わないといけないのか。すべては敦雄のせいだと心の中で悪態をついていたのだ。そのため彼を前にすると、自ずと夜会の辛酸を嘗《な》めるような記憶が甦ってきた。

それにしても、敦雄はいったいなにを話しに来たというのか。さっさと本題へ移ってもらい、一刻も早く帰りたい。

「それで、話したいこととはなんですの？」

「これを、まりあさんは知っているのかと思って」

卓上に四つ折りにされた書類が広げられた。それは、山上装一郎の戸籍謄本である。

「これにまりあさんの名前がなかったから、驚いて」

それは当たり前である。まりあは装一郎の妻ではないのだから。当然、装二郎の戸籍謄本にもまりあの名前など記されていないだろう。

まりあは山上家の契約花嫁なのだから。

まず、まりあはある疑問について指摘した。

「なぜ、あなたがそれを持っていますの？」

「調べ物をしていて入手した」

「調べ物？」

「久我家の没落について、独自に調査していたんだ」

敦雄は神妙な面持ちで、驚くべき情報を口にした。

「久我家を没落へと追い込んだのは、山上家だ」

「な、なんですって!?」

そんなの、ありえない。久我家を没落へと追い込んだ結果、山上家が得る利点などなにもないではないか。

「目的は、まりあさんだったんだよ」

「わたくし？」

「君は女学校時代、成績優秀で武道や陰陽術にも長けていた。利用価値があると判断し、自らの手中に囲い込んだんだろう」

「あ、ありえない、ですわ」

久我家を没落させたら逃げる場所もなくなる。そこまでして、手に入れたかったのだろうと敦雄は推察を語る。

「まりあさんは山上家の駒。この戸籍謄本が、なによりの証拠だろう」

「そ、それは——」

山上家の花嫁は、籍を入れる前に一年間の契約を結ぶ。認められた花嫁のみが当主の妻となるのだ。

そんな花嫁を選ぶのは予備と呼ばれる当主の双子の弟。花嫁は一年間、共に暮らしてきたのが予備と知らずに過ごすのだ——などという、山上家の普通ではない慣習を話すわけにはいかない。

卓上にある手を絹子がそっと握った。温かい手だったが、まりあの心境は複雑そのものだ。優しさが辛い。冷え切った手を急激に温めたときのように、じんじんと胸に鈍痛を覚えた。

「私達は、まりあさんを助けようと思ってやってきたの」

「助ける？」

「ええ。あれから敦雄は出世してね。もしかしたら、爵位を賜れるかもしれないのよ。だからまりあさん、もう一度敦雄と婚約して、爵位を賜ったら結婚してくれないかしら？」

絹子はまりあが想像もしていなかった提案をする。

「そ、それは」

絹子の言葉から逃げるように顔を逸らすと、敦雄と目が合った。ただただ、感情のない瞳をまりあに向けている。

「山上家の駒として生きるよりは、俺と結婚したほうがいい」

「わたくしは、山上家の花嫁です」

「ちがう。この戸籍謄本を見ても、なにも思わないのか？」

「それは――」

「これを見せたとき、あまり驚いていなかったようだが、まさか籍が入っていないことを知っていたのか？」

敦雄の言葉に、まりあはため息を返した。一年間の契約について口止めされているわけではない。

まりあは渋々と、山上家が花嫁を迎える際の事情を語った。

「籍が入っていない件については、存じておりました」

「やはり、そうだったのか」

敦雄は静かに怒り、絹子は憐憫《れんびん》の目でまりあを見つめている。

どうやら華族達の間でまりあが山上家の当主と結婚したという話が広まっていたらしい。それには、理由があった。

あばら屋に紋付き袴姿でやってきた装二郎を目撃した近所の住人が、まりあの結婚が決まったと触れ回る。それが巡りに巡って、社交界まで届いてしまったのだ。

「目を覚ませ。山上家はまりあさんを利用するつもりなんだ」

仕組まれた結婚だと言われても、いまいちピンとこない。まりあと装二郎の出会いは、偶然だったように思える。

夜会の晩、多くの人々に協力を頼み込み、まりあが居心地が悪くなって早退するような状況を、山上家がつくったとはとても思えなかった。

自分の言葉に揺るがないまりあを見て、敦雄は明らかな落胆を見せる。

「言おうかどうか迷っていたが、伝えたほうがいいだろう。まりあさん、母と会った日に事故に遭ったらしいが、あれも仕組まれたものだ」

「え？」

「表向きは馬車の事故だったが、あやかしに襲われたのではないか？」

まりあは俯く。そこまで把握していたとは。いったいどうやって探りを入れたのか。

事件については山上家が介入し、あやかしが絡んだ事件ではないと情報操作したと装二郎から聞いていた。でないと、陰陽寮が調査にやってくるため、面倒な事態になっていたという。

「どこから、その情報を？」

「今、俺は政府の諜報《ちょうほう》機関にいるんだ。それで、まりあさんの情報についても流れてきて驚いた」

かつて、敦雄は行政院でまりあの父親の秘書をしていた。まりあと結婚し、爵位と仕事を引き継ぐ予定だったからだ。

しかしながら、久我家の没落により敦雄は職を失った。彼もまた、久我家凋落の被害者とも言える。これまで固めていた地盤を失い、大変な思いをしただろう。

まりあを切り捨てたのも無理はない。

「しかしなぜ、事件をわざと発生させたのですか？　理由がわかりません」

「それは、改めてまりあさんに利用価値があるか、調べたのだろう」

見事、まりあは化け物を退治した。山上家の駒としてふさわしいと評価されたのだろうと敦雄は続ける。

ドクン、ドクンと胸が嫌な感じに脈打つ。

敦雄の話す内容は、真実なのか。山上家は久我家の当主に巨額の横領の罪をなすりつけ、没落を招き、また利用価値のあるまりあを騙して輿入れさせた。それだけではなく、事件を起こしまりあを試した。それらが本当ならば許せない。

「政府は今、山上家が国家にとっての敵かどうか調べている。まだ、間に合う。俺の手を取れ」

顔を上げられないでいると、カップに注がれた珈琲にまりあの顔が映った。不安で押しつぶされそうな表情を浮かべている。

装二郎を信じたかった。けれども、今、まりあの心は揺らいでいた。

ただ、あやかしを操る札について装二郎は知らない様子だった。が、その点に関しても、今となっては疑ってしまう。装二郎は予備として、装一郎を装うために演技を学んでいたと前に話していた。知らないふりをしている可能性だってある。

もしも、山上家が戦うべき相手が政府ならば戦力が必要となるだろう。まりあを騙して戦わせるのが目的だとしたら――ぞっとする。

敦雄はまりあに手を差し出す。

はっと顔を上げたまりあだが、敦雄の手は取らなかった。

「まりあさん？」

「わたくし、気になることがあれば、自分で調べないと納得しない性分ですの」

「まさか、俺の情報を信じないと言うのか？」

「そうとは言っていませんわ。まだ情報は不確かで、信憑性《しんぴょうせい》が低いと思いまして」

敦雄はわかりやすいくらいにうろたえていた。一方で、まりあは冷静になっていく。

「一か月。一か月あれば、確かな情報を集められる」

「その間、そちらに身を寄せろと？」

「そうだ。そのほうが絶対にいい。まりあさんは一度、命の危機にも陥っている」

「ええ。けれども、わたくしはあなたの手は取りません」

鞄から財布を取り出し、紙幣を卓上に置いた。

「わたくしの身の振り方については、わたくしが決めます」

そう言って、まりあは敦雄と絹子に背中を向ける。

「まりあさん、待って！」

敦雄はまりあのもとに駆け寄り、腕を取った。

「離してくださいませ」

「――ッ！」

まりあは敦雄の手首を摑んだ。自慢の、男性にも勝る握力で。苦しげな表情を浮かべる彼に問いかける。

「必死な表情を初めて見ました。あなたも、わたくしの利用価値に気づいた者のひとりなのでは？」

まりあの指摘に敦雄は視線を逸らす。どうやら、ただただまりあを想って事情を話したわけではなかったようだ。落胆の気持ちはなかった。やはり、と思っただけ。敦雄の手を払い、まりあは喫茶店を出る。

冷たい風が強く吹いた。ぶるりと、体が震える。

空はどんよりと厚い雲に覆われている。雲がすごい速さで流れていった。

まるで、まりあの心境を映し出しているようだった。

まりあはそのまま山上の屋敷には帰らず、ある場所を目指した。それは、女学校時代の同窓生――小林花乃香の自宅。

彼女とはもっとも仲がよく、最後に夜会に参加した際、ドレスを貸してくれた親切な娘である。山上家の契約花嫁になってからも頻繁に文通を交わしていた。

彼女の実家は国内でも五本の指に入るほどの名家で、ここ最近、婿を迎えた。

夫は海軍将校でほとんど家におらず、暇を持て余していると手紙に書いてあった。

が、だからといって花乃香が気軽に遊びに行けるわけではなかった。

世間は、華族女性が外に頻繁に出かけることをよしとしない。そのため、しばらくは直接会わないでおこうと約束していた。

それなのに今、まりあは花乃香の家を訪問し、もてなされている。

「まりあ様、元気がありませんね。どうかしましたか？」

「実は……お父様に横領の罪を押しつけたのは山上家ではないかという疑惑が出ているようで」

「まあ！　そうでしたの。久我のおじさまがそんなことをするとは思っておりませんでしたが」

まりあは花乃香に嘘は言わず、真実をうまく隠して事の次第を伝えた。花乃香は涙を流し、同情する。

「まりあ様、どうか好きなだけこの家に滞在してくださいね」

「花乃香様、ありがとう」

今のまりあには冷静になる時間が必要だ。だからひとまず、花乃香の家で世話になることに決めたのである。

小林邸に身を寄せることになったまりあは、装二郎に手紙を出す。正直に、山上家に対しての悪い噂話を耳にした。本当かどうか確かめるまでの間、屋敷には帰らないと書き綴る。

もちろん、小林邸にいることは書かない。花乃香や花乃香の両親に迷惑をかけてしまうからだ。

「コハル、清白、ごめんなさいね。しばらくここに身を寄せます」

「は、はい」

「うん、わかった」

コハルや清白には、装二郎から譲り受けた不可視の香を焚きつけてある。そのため、まりあ以外の人には見えない。共にいても、問題はないだろう。

手紙は小林家の使用人を通し、郵便役所の官吏に託した。差出人の名前のみの手紙だったが問題なく引き受けてくれたようだ。

戻らないまりあを装二郎は心配しているだろうか。暗い部屋でひとり、寂しがっているのでは？　などと考えると胸がじくりと痛む。

まりあは装二郎の正式な妻ではない。敦雄が指摘したとおり、山上家の戸籍に名のない他人なのだ。だから帰らなくても、大きな問題はないのに……。

まりあの感情が伝わってしまったのか、コハルがそばにやってきて見上げてくる。

窓際でぼんやりしていた清白も腕に巻きついてきた。

「わたくしは、大丈夫」

それは、自分に言い聞かせる言葉であった。きちんと調査して、安心した状態で装二郎のそばに立ちたい。まだ、信頼できるほど長い期間、一緒に過ごしたわけではないから、真実はわからなかった。だから、屋敷に帰らずに調査しようと思い立った。仮に山上家の本家が悪事に手を染めていたとしても、装二郎は関与していないだろう。そう、信じたい。

装二郎はまりあを見つけ、妻にと選んでくれた。憂いなく、胸を張って妻だと名乗りたい。

今日はゆっくり休むようにという花乃香の言葉に甘え、まりあは早めに眠った。コハルを胸に抱き、清白を枕元に放し目を閉じる。普段、寝付きはいいほうだが、今日は心がソワソワしていて眠れない。罪悪感がじわじわと喉元までせり上がってきて、なんとも言えない気持ちになる。

突然、家を出るなんて不誠実だ。不審に思うことがあれば直接装二郎に聞けばいい。けれど一度、まりあは裏切られている。装二郎と結婚するつもりだったのに、彼にそのつもりはなかった。まりあが問い詰めても彼は真実を語らないのではないかという疑念があったのだ。

それでも、普段の装二郎は誠実だったように思える。まりあが多少きつい言葉を口にしても、やわらかな笑顔で受け止めてくれた。

そんな装二郎を思い出すと胸が痛むのだ。

早く、眠りたい。自らの意思とは関係のない眠りの中にいたい。思えば思うほど、眠気というものは遠ざかっていくものだ。ため息をひとつ零す。

水でも飲もうか。そう思って起き上がろうとしたが、体が動かないことに気づいた。

キーンという耳をつんざくような音が聞こえ、ゾワゾワと悪寒が全身を走った。

——これは、金縛り!?

声も出なかった。唯一、自由なのは目のみ。否、鼻も。

白檀の香りがふわりと鼻先をかすめる。瞼を広げると、まりあの上を跨ぐようにして大きな獣が見下ろしていた。

全身の毛並みは黒。ピンと立った耳に、突き出た口、覗く牙、がっしりとした立派な体軀。それから、九本の尻尾。九尾の黒狐である。

以前見かけたのと同じ黒狐だろう。ただ一点ちがうのは、まりあを見下ろしていたところだ。どうしてここにいるのかと、咎めるような厳しい目で。

襲撃ならば、無防備な首筋に嚙みついていただろう。黒狐はまりあを睨むだけで、今もなにかしようという気はないらしい。銀の鈴も、反応を示していない。警戒すべき存在ではないのだろう。

——あなたは、どうしてここに?

口は動かないので、当然声も出ない。それでもまりあは心の中で黒狐に問いかける。

当然、答えてくれるわけがない。黒狐は猛烈に睨むだけだったが、ぱち、ぱちと瞬くと涙がホロリと落ちてきた。

ぽた、ぽたと、雨のようにまりあに降り注ぐ。頬に触れた涙は温かかった。

――悲しいの？　それとも、寂しいの？

まりあの問いかけに、黒狐ははっとなる。そのままくるりと踵を返し、窓から外へ飛び出していった。

体が動くようになった途端、ぶるりと震え、我に返る。先ほどの出来事は夢だったのか？

窓掛けがゆらゆら揺れ、冷たい風が部屋に流れ込んでいた。いつの間にか窓が開いている。頬に触れると濡れていた。きっと夢ではない。たしかに、黒狐はここに来ていたのだ。

なんのために？

わからない。けれど黒狐が今、泣きたい気持ちになっているのは確かだった。どうして涙を流し、まりあを見下ろしていたのか。考えてもわからない。

まりあが起き上がったのでコハルが目を覚ましてしまったようだ。

「まりあ様、どうかなさいましたか？」

「なんでもありませんわ」

窓を閉め、再び布団に潜り込む。目を閉じるとすぐに眠りの世界へ呑み込まれた。

翌日、まりあは花乃香に再度相談を持ちかける。

「昨日も少しお話ししましたが、山上家について、調査をしたいと考えていまして」

もしも、久我家を陥れたのが山上家だとしたら、絶対に許せない。疑惑が浮上している以上、真実を知りたいとまりあは思う。

花乃香は首を傾げ、可愛らしい顔で思い悩むような表情を浮かべた。

「難しい問題ですね。山上家は国内でも三本の指に入るほどの財を持っていると噂されています。国家予算なんかに手を出さずとも、不自由はしていないと思います」

「目的は、わたくしだったとおっしゃっていたのですが……」

「わかります！」

花乃香はまりあの手をぎゅっと握り、頬を染めながら捲し立てる。

「まりあ様を一族に招き入れられるのならば、なんだってしたくなりますもの！　私だってお兄様がいたら、まりあ様と結婚するように奔走しておりました」

「そ、そうでしたか」

彼女は女学校時代から、まりあに最大限の好意を抱いている。その愛は今も変わらないようだ。最初、花乃香はまりあの親衛隊の隊長だった。毎日木陰からこっそり覗いていたので、友達にならないかとまりあのほうから声をかけたのだ。

「ひとまず、証拠がないとなんとも言えないでしょう」

「問題はどこをどうやって調査すればいいのか」

「帝国警察の情報部に話を聞きに行ってみましょう」

政府から独立した組織、帝国警察――正式名称は『帝国特例警察部警備局』。

市民の平和を守るための公安局として創設された。花乃香の父親は、帝国警察の局長なのだ。

馬車の中から、まりあは帝都の様子を眺める。

街は今日も賑わっていた。大荷物を抱えて行き交う人々がいたり、珍しい異国の食べ物や飲み物を売る商店を覗く者がいたり、自慢の商品を手に客寄せする商人がいたり。和装よりも、異国装を選ぶ人も以前よりぐっと増えたように思える。

夜は変わらず、あやかしによる残忍な事件が多発しているものの、太陽が地上を照らす時間はこの世の楽園のように華やいでいた。

馬車には、花乃香の護衛の女性も乗り込んでいた。手には刀を持っている。花乃香の結婚後から護衛がつくようになったらしい。とても静かで空気のような人だった。外にも数名、護衛がいるという。

ここ最近、帝都の治安はとくに悪い。帝国警察局長の娘ともなれば、想定しうる紛争の数もおのずと増えるのだろう。

花乃香は護衛がいても普段と変わらない。じきに慣れると言っていた。不思議なもので次第に存在が気にならなくなる。

普段どおり、花乃香に話しかけた。

「それにしても、花乃香様が軍人と結婚すると聞いたときは驚きましたわ」

「私も、結婚を申し込まれたときには心臓が止まるかと思いました」

帝国警察と軍隊の仲の悪さは有名であった。異なる武力と権力を併せ持ち、顔を合わせる機会が多い。武力をもって戦うことはなかったが、法廷の場での争いは数えきれないほどだった。

軍隊に所属する者は荒くれ者ばかりで、警察の世話になる者も多い。警官は軍人を学のない乱暴者だと罵《ののし》り、軍人は警官を躾けられた犬のようだと嘲り笑う。

互いにわかりあえない期間が、あまりにも長かった。そんな仲で、長年の関係を変えようと思う若者が現れる。

碁籐榮太《ごとうえいた》――花乃香の夫である。

彼は海軍将校。碁籐家は代々軍人で、同じく代々警官だった小林家とは不仲だった。

榮太は孔雀宮で開催された夜会で、運命の出会いを果たす。楚々とした美しい娘、花乃香にひと目惚れをしたのだ。話しかけ、微笑みかけられたらもっと好きになった。

犬猿の仲だった小林家の娘と知って尚、共に在りたいと思ったらしい。

「夫との結婚は、世間では長年不仲だった帝国警察と軍隊の仲を取り持つものだと言われていました」

「簡単には認められなかったのでしょう？」

「ええ。夫があの手、この手を使って互いの両親を説得し、婚約にまで至ったらしいです。私は榮太さんと逢瀬《おうせ》を重ねるだけだったので、苦労を知ったのは結婚後だったのですが」

「そうでしたのね」

警察と軍隊、互いの遺恨は根深く、当初ふたりの結婚を認めない者も多かったという。けれども、夫婦手と手を取り合って頑張ろう。そんな話をしていた中、思いがけない異動命令が届く。

榮太は海軍へと送り込まれてしまった。任務は船の上で行われるため、家に帰れるのは、今のところ三か月に一度。出世であったものの、左遷《させん》だと噂する者もいるらしい。挙げ句の果てに、不幸な娘だと花乃香に同情する者まで現れたという。

「私はそうは思いません。榮太さんは立派に出世なさった。お帰りを、今か今かとお待ちしております」

いつでも朗らかで明るく、包み込むような優しさを見せる花乃香も、毅然と世間と戦っていたようだ。

「ごめんなさい。花乃香様は大変な中に身を置いているのに、わたくし個人の問題を持ち込んでしまって……」

「いいえ、どうかお気になさらず。横領事件についてはずっと引っかかっていたのです。けれども、まりあ様がなにも行動を起こさないのに、勝手に首を突っ込んではいけないと思っていまして」

「花乃香様……！」

と、話をしているうちに帝国警察の本部に到着した。威圧感を与えるような十階建ての高い建物である。天高い場所から、人々が罪を犯さないか見張っているようだ。

警官の中で花乃香の顔を知らない者はいない。守衛の警官も花乃香を見るなり敬礼をした。

中に入ると、制服に階級章や勲章をじゃらじゃらつけた警官が走ってくる。年頃は三十前後で、刈り上げ頭に見上げるほどの高い身長。警官らしく、がっしりとした体軀を持つ男は、花乃香の父親である局長の副官だった。

「あら、篠花《しのはな》さん」

篠花と呼ばれた男は滑り込むように花乃香の前へとやってきて、片膝をついた姿勢で見上げた。

「花乃香お嬢様！　いったい、なぜここに!?」

「ふふ。篠花さん、私はもう結婚した身です。お嬢様ではないのですよ」

「そ、そうでしたね。それで、ご用件はなんでしょうか？」

「お父様にお聞きしたいことがありまして」

「もしや、なにかあったのですか？」

「私ではなく——」

花乃香は隣にいるまりあを見た。篠花は今、この瞬間に存在に気づいたようだ。

「君は、たしか久我家のご令嬢？」

「お初にお目にかかります。まりあです」

篠花は敬礼と共に、自らの階級を名乗る。その名に聞き覚えがあった。篠花家は歴史ある武家の一族であった。今は士族として、小林家に仕えているのだろう。

たしか、小林家の継承者が女性だった場合、伴侶は篠花家から選ばれていたはず。おそらくだが、この男は花乃香と結婚するはずだったのだろう。まりあの父が敦雄を秘書にしていたように、花乃香の父親が篠花を副官として迎えていたのも、爵位と共に役割を引き継がせるためなのだ。

ふたりの間にある複雑な事情を察し、まりあはきゅっと唇を結ぶ。篠花は気の毒に思われていることなど知らず、まりあと花乃香を案内した。

花乃香の父親と会ったことはないが、おそらく篠花よりも体が大きく、顔立ちも精悍で威圧感たっぷりの人物なのだろう。そう思っていたが——。

「あれ、花乃香ちゃん、どうしたの?」

局長室で出迎えた花乃香の父であり帝国警察の頭である男は、小柄で優しそうだった。背丈はまりあとそう変わらないだろう。垂れた目と丸眼鏡が、柔和な印象を与えるのかもしれない。

「どうぞ、どうぞ。ゆっくりしていって」

局長室は重厚な羽目板張りの壁に、異国製の室内灯、立派な長椅子が鎮座している。窓の欄間《らんま》には、麻の葉模様の透し細工がなされていた。上品で落ち着いた空間である。

「お父様、こちら、大親友のまりあ様です」

「やや、あなたがまりあさんか。娘から話は聞いているよ」

泣く子も黙る帝国警察の局長が、このような人物だったなんて。まりあは衝撃を覚える。ここで、椅子に腰かけるよう勧められた。

篠花が茶を持ってきたあと、花乃香は本題へと移った。

「それで、用件はなんだい?」

「お父様にお聞きしたいことがありまして」

「ふむふむ」

「久我家が起こしたとされる、横領事件について詳しい話をお聞きしたいのですが」

花乃香が質問を投げかけた瞬間、空気がピリッと震える。ニコニコしていた父親の表情が、一瞬で修羅《しゅら》と化した。

そばに控えていた篠花は、額にぶわりと汗を浮かべていた。まりあも居心地の悪さを極限まで感じる。

唯一、花乃香だけは微笑みを絶やさずにじっと父親の顔を見つめていた。篠花の額の汗が、頬を伝って滴っていく。まりあも急激な喉の渇きを覚え、苦しくなった。花乃香の父親が発する圧は、これ以上聞くなというもの。けれども、花乃香は引かない。

「お父様、お耳が悪くなったのでしょうか？　久我家の横領事件について、詳細をお聞きしたい、と申したのですが」

重ねて言っても、沈黙は続く。花乃香は小首を傾げていたが、なにか思いついたのだろう。手をポンと打つ。

「篠花さん。情報部にある、横領事件についての報告書を見せていただけますか？」

「あ、いや……！」

篠花は自らが矢面に立たされるとは思っていなかったのだろう。これまで以上に、だらだらと汗を滴らせている。

「しかしながら、情報部の報告書は、関係者以外、目を通してはいけないようになっているはずです」

「篠花さんが持ち出して、独り言のように読んでいただけたら、問題ないと思うのですが」

「問題ばかりだ！」

これまで沈黙を貫いていた花乃香の父が、卓上を拳で打つ。先ほどまでは優しい父親といった様子だったが、今の様子は鬼そのものである。

花乃香の父の豹変に、まりあは恐怖した。

「事件については、公開している情報がすべてだ」

「でも私は、まりあ様のお父様が横領をするとは思えないのです」

「警察の捜査を疑っているというのか？」

「答えにくいのですが、はい、としかお返しできません」

父は篠花に命じる。花乃香を摘まみ出せ、と。篠花は命令に応じていいのかわからず、オロオロしていた。

このままでは親子関係が崩壊しかねない。まりあは立ち上がり、謝罪しようとした。

それを制止したのは花乃香である。

「まりあ様、大丈夫ですよ。心配ありません」

「で、ですが――」

「これは、帝国警察の問題でもあるのでしょう。古い体質を見直す、いい機会です」

体質の問題とはなんなのか。わからない。花乃香はなにか情報を握っているようだった。

「お父様、このまま情報を見せていただけないのであれば、私はまりあ様と独自の調査を始めます。本当によろしいですか？　帝都の場末や、酒場に行ってしまうやもしれません」

「――ッ！」

痛いところを突いたのだろう。今まで厳しい言葉で花乃香を追い出そうとしていたが、可愛い娘であることは確か。そんな愛娘が、危険な場所に調査に向かうことを見すごせるわけがない。

観念したようで、低い声で篠花に命令する。

「篠花、久我家当主の横領事件に関する資料と報告書を、すべて持ってこい」

「御意《ぎょい》に」

花乃香の交渉能力にまりあは舌を巻く。普段から肝が据わっている娘だと思っていたが、それ以上だったようだ。

十分後、篠花は二冊の冊子を持って戻ってきた。卓上に置かれたそれを、自由に見ていいという。

花乃香は一冊手に取って、まりあに差し出す。

「ありがとう、ございます」

深く頭を下げ、表紙を捲った。

まず目に飛び込んできたのは、横領事件の際に捜査に向かった警官の行方不明者の人数であった。約三十名。誰も戻ってきていなければ、遺体なども見つかっていない。そして、次に書かれていたのは、帝国警察に送られた脅迫状の数。全部で百通以上あったようだ。

内容は、驚くべきものだった。

はじめに届いたのは、横領事件の犯人は久我家の当主であるというもの。証拠もなにもない、でっち上げだった。そのため、帝国警察も相手にしていなかったらしい。だんだんと脅すような内容が書かれていく。捜査した者に危害を与えるとか、建物に火を点けるとか、関係者相手に人為的な事故を起こすとか。

一定期間、無視していたようだが、脅迫が実際に実行されるようになった。それでも帝国警察は正義のため、公正な捜査に努める。

だがしかし、捜査に関わる者達が次々と行方不明になっていった。同時に、孔雀宮の爆破も予告される。

急いで調査したら、帝都の半分を吹き飛ばすほどの火薬が発見された。脅迫状の送り主は本気で犯行を実行する気なのだろう。

最後に送られてきたのは、小林家の誰かを誘拐するというもの。

「実際に花乃香は誘拐されている。榮太殿がいなかったらどうなっていたか……！」

まりあは花乃香を見る。

「花乃香様、そんなことがあったなんて」

「誘拐されてすぐに、夫が助けてくださったのです。怖い思いもしておりません」

結婚前の話だったらしい。この事件がふたりの仲を認める結果になった。今日、護衛が多いと思っていたが、誘拐事件に巻き込まれたとあれば不思議でもなんでもない。

家が没落したまりあよりも、花乃香のほうがとんでもない目に遭っていた。それなのに彼女はまりあに優しかった。

誘拐事件について話さなかったのも、まりあを心配させないためだったという。花乃香は自身の誘拐事件が父を悩ませる久我家の横領事件と関係があるのではないかと、推測していたらしい。

「やはり、私の予想どおりでしたね」

花乃香の父親は力なくコクリと頷いた。

とどめとばかりに、帝国警察から死者が出た。さらし者のように時計塔に吊り下げられていたらしい。最後まで、真実を明かそうと捜査を続けていた幹部警官だった。

残虐すぎるその事件は人の犯行ではない。あやかしの仕業だろうと陰陽寮で処理されてしまった。

その事件がきっかけとなり、帝国警察が掲げる正義はぽっきりと折れ曲がってしまう。とうとう、事件の真実をねじ曲げた捜査報告書が提出された。

帝国警察の発表に、当然、疑いの余地なく久我家は没落する。犯人が誰かはわかっていないという。

「久我殿には、悪いことをしたと思っている……!」

花乃香の父はそう詫びたものの、続けて、これ以上事件について探るのはやめてほしいと、頭を下げられてしまった。

話を聞く限り、まりあは自分はともかくとして、花乃香はそうしたほうがいいと思った。

「花乃香様、ご協力ありがとうございました」

あとは、ひとりで調査しなければならない。幸い、まりあはひとりではない。コハルや清白がいる。それに真実にも一歩近づいた。これはもう、まりあ個人の問題ではない。久我家の汚名も晴らすことができるかもしれないのだ。

頑張らなければと、改めて決意を固めた。

帰りに、買い物に行こうと花乃香に誘われた。まりあが落ち込んでいるので気を遣ってくれたのだろう。

向かった先は、香と線香、香木の専門店だった。

「私、ここでよくお買い物するんです。優しい香りを嗅いでいると気分が落ち着くのですよ」

「そうなのですね」

店内に入るとさまざまな香りを感じた。壁一面に抽斗があり商品が保管されている。以前、装二郎の地下の調合部屋に案内された日を思い出してしまう。勝手に家を出た罪悪感に襲われ、胸がじくりと痛んだ。

「いらっしゃいませ」

四十代くらいの着物姿の女性が出迎える。花乃香の来店は久しぶりだったようで、喜んでいる様子だった。

「私、薔薇の香りが好きで。まりあ様は、どんな香りがお好きですか？」

「わたくしは――」

白檀、と自然と口にしていた。山上家で邪祓いとして利用され、装二郎がまとっていることが多かった香りである。

店主がいくつか、白檀の香木を出してくれた。

「あれ？」

どれも、装二郎がまとう白檀の香りとは異なっていた。まりあが好む香でなかったので残念に思う。

「どうかなさいましたか？」

「あ、いえ。いつも嗅いでいるものとはちがったので」

「白檀といっても、産地によって香りが異なります。どのような香りでしたか？」

「そうですね……甘さが強かったように思います。しつこくなくて、どこかほっとする香りです」

ふと、思い出す。その白檀の香りは、装二郎に近寄ったときに感じたものであると。

調合部屋で嗅いだ白檀の木の香りとも、微妙に異なっているように思えた。

「あの、夫がよく白檀を焚いた服をまとっていたのですが、香木単品で嗅いだ香りとちがっていたように思います」

「ああ、なるほど！　人がまとう香りならば、その人自体の匂いも含まれますので、香木単品で嗅いだものとは異なるかと思います」

店主の言葉を聞き、まりあは盛大に照れる。装二郎の匂いが大好きだと主張したも同然だったからだ。

曖昧な情報だったが、店主はピンときたようだった。

「甘さが強いものでしたら、最高級とされる異国産の白檀かもしれないですね」

残念ながら、国内にはほとんど入ってこないという。この店で取り扱ったこともあったが、二十年も前の話らしい。

「申し訳ありません」

「いえ。今日は、花乃香様のオススメするお香を、いただこうかなと」

「はい。では、ご用意しますね」

買い物は思いのほかよい気分転換になった。深く落ち込んでいた心が、少しだけ上向く。


夜、まりあはひとり考える。帝国警察を脅迫し、花乃香を誘拐し、敦雄から仕事を奪い、久我家を没落へと導いたのは本当に山上家なのか――。

だとしたら、あやかしを匿い、保護しているというのも嘘だろう。逆に利用するために、屋敷へ集めていたのだ。そう考えたらぞっとしてしまう。

点と点が繋がり、そこから伸びた線がどうか山上家のほうに向かいませんようにと祈るほかない。

まりあは眠れずに起き上がる。コハルや清白はぐっすり眠っているようだった。羨ましい限りである。

ふと、昨晩の出来事が甦る。黒狐が金縛りと共に現れたのだ。いったい、なにをしに来たのか。

涙を流していたことが妙に引っかかる。不思議と恐ろしいとは思わなかった。以前感じたような威圧感を覚えなかったからか。

もしかしたら今日も来るかもしれない。そう思って窓に近づいて覗き込む。外は真っ暗でなにも見えない。

窓を開いてみた。冷たい風が部屋に流れ込んでくる。ガラス越しよりも、外の様子がわかった。

風で揺れる木々と月のない曇り空、それから雨が降る前の湿気った匂い。

一瞬目を閉じて再び開けると、目の前の景色すべてが真っ黒になる。

「え、なんですの!?」

強い風が吹いた。同時に、なにか素早いものが横を通り過ぎる。振り返った先にいたのは、九尾の黒狐。

「あ、あなたは――!」

昨晩同様、黒狐がまりあのもとに訪れた。敵意はないように思えるし、体も動く。だが、近づこうと一歩接近すると九本の尻尾をピンと立てた。まるで、それ以上近づくなと警告しているようだ。今宵も、銀の鈴は警戒の音を鳴らさない。

それでも、まりあが足を踏み出すと風が巻き上がった。黒狐の術なのか。

ここで、まりあははっとした。風の中に白檀の香りを感じたのだ。

それは、昼間に行った店で嗅いだ白檀とは異なる香り。大変貴重で、国内での取り引きはほとんどないと言われる白檀。

甘さが強くしつこくなくて、どこか安堵を覚える香り――それは、装二郎だけがまとう匂いだ。

ありえない。そう思いつつも、震える声で問いかける。

「もしかして、装二郎様？」

黒狐は目を見開いた。明らかに動揺しているように見える。

「装二郎様なのですね？」

問いに対する答えはない。ぶるぶると、体を震わせていた。

「昨晩、なぜ涙を流していたのです？　わたくしがいなくて寂しかったのですか？」

もう一度、まりあは「装二郎様」と口にした。黒狐は否定しない。まちがいない。

一歩、一歩と黒狐に近づき、顔を覗き込む。黒狐の瞳は濡れていた。今にも涙を流しそうに見えた。そんな黒狐をまりあはぎゅっと抱きしめる。

「勝手に家を出て、ごめんなさい」

黒狐はポロポロと涙を流す。初めて、心と心が触れ合ったような気がした。

しばらくじっと見つめ合っていたが、なんだか落ち着かない気持ちになる。黒狐は本当に装二郎なのか。先にまりあが話しかける。

「あの、本当に装二郎様、ですよね？」

しばし黙っていたものの、まりあが猛烈に見つめるので観念したようだ。こくりと、頷く。

「どうしてわかったの？」

黒狐から声がした。

「白檀の匂いです」

「でも、白檀なんて珍しくないでしょう？」

「装二郎様の匂いと白檀の香りが混ざっているので、気づきました」

「うわ、まりあって、鼻がいいんだ」

「まあ、そういうことにしておきます」

ふと、思い出して問う。最初に出会ったとき、黒狐について話そうとしても口にできなかったことを。

「あれはなんていうか、まりあがこの姿について話をしたら、冷静でいられるとは思えなくて。まじないをかけていたんだよ」

「そうだったのですね」

今はもう解いたという。

「では、この銀の鈴は、装二郎様を呼び寄せるものでもあったのですか？」

「ご名答」

まりあは深々と頭を下げる。あの日、助けてくれたことに対して。

「人間の姿で助けに行けたらよかったんだけれどね。駆けつけるのならば、この姿が早いから」

黒狐の正体がわかったところで、まりあは質問を投げつける。

「装二郎様、昨日はなぜ涙を流していたのですか？」

「まず、聞くことがそれでいいの？」

「よくはないのですが、ひとまず先に聞きたいと思いまして」

装二郎は耳をピクピクと動かしたあと、その場にしゃがみ込む。まりあに尻尾を差し出し、座るように言った。

「尻尾に座るなんて」

「いいから、どうぞ」

九本の尻尾は、襟巻きのごとく太く長い。確実に、コハルの全長よりも大きかった。

そんな尻尾に、座っていいものなのか。

「まりあ、大丈夫だから」

「え、ええ」

装二郎がいいと言うので、遠慮なく座らせてもらう。艶のある毛並みの尻尾はふわふわ。極上の座り心地だった。

「気に入った?」

「ええ、とっても」

重たくないのかと質問したが、まりあひとりくらいだったら問題ないらしい。最高級の座布団でもここまで座り心地はよくないだろう。

「それで装二郎様、涙の理由は?」

「尻尾座布団で忘れたと思っていたのに」

「忘れるわけないでしょう」

装二郎は渋々といった様子で、昨晩の涙の理由を語った。

「装一郎に、まりあを連れ戻してこいって命令されていたんだ」

「もしかして、家出した妻を連れて帰りたくなくて泣いていましたの?」

「そんなわけないでしょう」

「だったら、どうして?」

「それは――」

「それは?」

耳がぺたんと伏せられる。精悍な横顔がしょんぼりしているように見えた。

「まりあを連れていく先は、山上家の本家。契約期間をすっ飛ばして、装一郎はまりあを花嫁として迎えると言い出したんだよ」

「だったら、わたくしをご当主様に差し出したくなくて泣いていた、というわけでしたの？」

「まあ、そうだね」

まりあの胸はきゅんと高鳴り、気がついたら黒狐である装二郎をぎゅっと抱きしめていた。

「うっ、まりあ！」

「ああ、ごめんなさい。苦しかったですか？」

「ちがう。悪い噂を聞いた家の男を抱きしめてもいいのかと思って」

「それは――」

よくない。ぜんぜんよくない。まりあは情にほだされかけていた。しっかりしなければならないのに、このザマだ。

山上家は久我家を凋落へ導いた疑いがある。これから調査しないといけないのだ。

「もしかして、まりあのお父さんを陥れたのは山上家の者達だ、なんて話を吹き込まれたんじゃないよね？」

「そ、それは……！」

「相手は、元婚約者あたりかな？」

「…………」

まりあは顔を覆う。装二郎にはすべてお見通しだったようだ。

「調査に行って、なにか情報は掴んだ？」

「敵がおぞましいことだけ、把握しました。どなたかまではわかりません」

「そう」

会話が途切れる。しん、と静かな中で時間だけが過ぎていく。

沈黙を破ったのは装二郎だった。

「っていうか、まりあ、よくこの姿の僕と普通に話してるよね？」

「お姿は狐ですが、いつもの装二郎様ですので」

「元の姿に戻ることもできるけれど」

「戻ったら裸なのでは？」

「これは変化の術だから、裸にはならないよ」

子どもの頃に読んだ『狼男』は、変化のたびに服を破り、戻ったときには裸だった。

けれど、装二郎は狼男の例とは異なるという。

「粘土で喩えると、狼男は粘土を捏《こ》ねて狼の形になる。けれど変化の術の場合は、粘土自体が不思議な力で狼に変わる。こう言えば、わかりやすいかな？」

「ええ、理解できました」

こうして会話を交わすと、理解が深まる。姿はちがえども、装二郎は装二郎だった。

優しい雰囲気と声でまりあを包み込んでくれる、いつもの彼である。

今、装二郎と共に過ごしている中で、酷く落ち着いている自分に気づいてしまう。

もしかしたら、敵対すべき相手かもしれないのに。

甘やかし作戦がよくなかったのか。装二郎の隣がこんなに心地いいなんて。

「わたくし、どうすればいいのかわかりません」

「どうして？」

「もしも、山上家が久我家の敵だったらと思うと怖くて」

「敵じゃないよ」

「証拠がないので信じようがありません」

俯くまりあに、装二郎は想定外の提案をする。

「だったらまりあ、僕を使役すればいい。そうすれば、主人である君に嘘をつけなくなる」

「え？　人である装二郎様を使役って……」

妻が夫を使役するなど、前代未聞だろう。まりあは額を押さえる。

「僕自身、呪いがかかっている。けれど、まりあの力ならば呪いをものともせずに契約できるはずだ」

「呪いとは？」

「山上家の者達を守らないといけない呪い。僕には、千年前に癒城家の主を生き返らせた、九十九尾《つづらお》の妖狐の呪いがかかっているんだ」

「九十九尾の、妖狐？」

初めて耳にする言葉に、まりあは戸惑う。

「強力ではないが九十九個の命を持つ、生を司るあやかしなんだよ」

九十九個ある命のひとつを使い、癒城家の主を生き返らせたのだという。山上家と九十九尾の妖狐に、いったいどのような事情があるのか。

まりあは装二郎の話に耳を傾ける。

「三度目に、山上家の血が途絶えそうになったのは、三百年ほど前――」

一族を絶やしてはいけない。追い詰められた当時の山上家の主は、禁じられていた呪術に手を出した。

それは、一族の血にあやかしの力を練り込む、というもの。

次代の主を守るために母体にふたつの命が宿るのだ。そして、役目を果たした途端に予備の命は消えてなくなる。

それを、九十九尾の妖狐の命を使って何度も何度も繰り返してきた。

「九十九尾の妖狐の力を使って、山上家の主たる子を守るようにという呪いをかけたんだよ」

「それでは、装二郎様の正体は九十九尾の妖狐、ということになりますの？」

「いいや、ちがう。なんて説明したらいいのかな？」

九十九尾の妖狐の意思は、封じられている。表に出てくることはないという。体を乗っ取られるということはないらしい。

「九十九尾の妖狐は、利用されて怒っていませんの？」

「山上家と九十九尾の妖狐は、利害が一致しているからね。互いに、利用しあっているような関係なんだよ。だから、大人しく従っている」

「そう、ですのね」

装二郎は神妙な面持ちで、説明を続ける。

「だから山上家に代々、双子が生まれるというのは、九十九尾の妖狐の命を使った、呪いだってことがわかっただろう」

「なんてこと」

「それくらいしないと、山上家は潰されそうになっていたんだ」

なぜ山上家の者達は狙われるのか。その原因は癒城家にあったのかもしれない、と装二郎は推測する。

「これは、まだ誰にも言っていないのだけれど――この前、夢を見たんだ。癒城家の者達が鬼退治している夢を」

それは九十九尾の妖狐の記憶か。どうやら癒城家は、鬼退治の一族として名を馳せていたらしい。

「ただ、鬼というあやかしはこの世に存在しない。人がつくった架空の存在なんだ」

「でしたら、鬼退治とはなんですの？」

「なんらかの、暗喩《あんゆ》なのかもしれない」

鬼からの恨みを買い、癒城家は断絶しかけた。そして、山上家と名を変えても狙われ続けている。

「山上家が戦う見えない敵は、鬼なんだと思う。まりあの実家を没落させたのもおそらく――」

「鬼の仕業、ですの？」

「たぶん」

どくん、どくんと胸が音を立てるように脈打つ。山上家も不確かな敵を前に翻弄され続けているのだ。

「ごめん。こんな話をしても信じられないかもしれないけれど」

「信じたい、です」

「え？」

「わたくしは、装二郎様を信じたい」

つまり、鬼を倒したら、装二郎は呪いから解き放たれる。存在が強制的に消されることもなくなる。

「装二郎様、一緒に鬼を探しましょう。そして、本当の夫婦になってほしいです」

「まりあはそれでいいの？　僕、こんなにもふもふだし」

「個人的には、すてきだと思います。それに――」

「それに？」

まりあは真っ直ぐ装二郎を見つめ、思いのたけを口にする。

「わたくし、前に言いましたよね？　あなたがどこの誰かということは気にしません。なにがあっても、装二郎様だけの妻である、と」

「まりあ……ありがとう」

装二郎を取り巻く問題のすべてを解決したい。そのために、装二郎のすべてを受け入れるつもりでいる。

予備だろうと、妖狐だろうと、装二郎は装二郎である。

定められた運命をねじ伏せ、未来へ繋がる道を見つけたい。それが、まりあの願いであった。

第五章
契約花嫁は、幸せを摑み取る！

「明日、まりあを迎えにいってもいい？　狐の姿ではなくて人間の姿で。まりあのお友達にもご挨拶したいし」

「ええ、もちろん」

花乃香に装二郎を紹介する。なんだか気恥ずかしいがきちんと紹介したい。

また明日、そう言うと装二郎は帰っていった。ほっと胸を撫で下ろす。問題はまったく解決していないが心に火が灯ったようだった。装二郎と一緒ならば大丈夫。そう思えてならない。

装二郎と話すことによって、心のモヤモヤが少しだけ解消されたらしい。布団に入って瞼を閉じたら眠りの中に呑み込まれた。

翌日、花乃香に家に戻ると伝えた。

「まりあ様は長く滞在しないだろうな、と思っていました。もっといてほしかったのですが、これは私の我が儘ですよね」

「花乃香様……。また、遊びにきますので」

「約束ですよ」

そう言って花乃香は小指を差し出す。まりあも小指を差し出して、指切りげんまんをした。それから五分と経たずに装二郎が人の姿でやってきた。

色紋付きの着物と羽織姿の彼は、夜、しっかり眠ったのか、これまでにないくらいしゃっきりとしている様子だ。

「どうも、初めまして」

「まあまあ！　山上家のご当主様に直々に足を運んでいただけるなんて」

「花乃香様、夫は山上家の当主ではありませんの」

「え？」

驚きの表情を向けたのは花乃香だけではない。装二郎もだった。まんまるになった目でまりあを見つめる。

「夫は山上装二郎と申します。当主の双子の弟ですわ」

「あ、そうでしたのね。そういえば、まりあ様から直接、ご当主様と結婚したなんて話は聞いておりませんでした。勘ちがいをしてしまい、失礼を」

しーん、と静まりかえる。若干の気まずい空気さえ流れていた。そんな中、沈黙を破ったのは装二郎だった。

「あー、えっと、なんだかわけありですみません」

「いいえ、お会いできて光栄です。まりあ様は結婚後、これまで以上にすてきになっていたものですから、きっと幸せな結婚生活を送っているんだろうなと思っていたのです」

ひと目装二郎に会ってみたかったのだと、花乃香は話す。

「こうして並んでいる姿を見ると、とてもお似合いで、すてきなご夫婦だなと感じました」

「花乃香様、ありがとうございます」

問題は解決していない。山上家への疑惑も晴れたわけではない。けれども、まりあは装二郎の手を取ってあやかし達が待つ屋敷に帰ると決めた。

まりあは真っ直ぐ花乃香を見つめ、思いを伝えた。

「花乃香様、合わせ物は離れ物、なんて言葉があります。ご縁があって共に生きる者でも、やがては離れればなれとなってしまう。けれども、夫婦は生涯を共に誓った身です。死という回避できない別れ以外で離ればなれとなるべきではないと、わたくしは思いました」

相手に不満があって別れるならば、それでもいい。けれども、まりあは華族に生まれた娘。結婚は政治的な意味合いも含む。夫婦の中にある縁は、愛ではない。それでも、情を持って接したい。夫婦なのだから。なにか問題があれば、自分で解決しようとせずに夫婦で力を合わせたほうがいい。

だからまりあは、装二郎のもとへ帰るのだ。

「今度はぜひ、おふたりで遊びに来てくださいね。そのときに夫を紹介できたらよいなと思っています」

「楽しみにしています」

装二郎はまりあに手を差し伸べる。そっと、指先を重ねた。繋いだ手は二度と離さないようにしよう。まりあは決意を固めた。

二日ぶりの我が家は、なんだか久しぶりのような気がした。玄関を潜ると、ウメコをはじめ、あやかし達が集まってきた。

「うわあああ、まりあ様だー」

「おかえりなさいませ、おかえりなさいませ！」

「もう、帰ってこないものだとばかり！」

どうやら心配をかけていたらしい。いつもは遠くから様子を窺う化け猫でさえ、やってくるくらいだ。手を伸ばして頭を撫でようとしたが、我に返ったのか逃げられてしまったが。

残ったあやかしにまりあは声をかける。

「みなさま、心配をかけてしまい申し訳ありません。ただいま戻ってまいりました」

おかえり、おかえりと口々に言われ、くすぐったい気持ちになった。ここがたしかにまりあの家。そう実感したのだ。

部屋に戻ると、二日間行動を共にしたコハルと清白を労う。清白は窓際の日差しが差し込む場所で日なたぼっこさせる。まりあと契約を交わしてからというもの、太陽の光を浴びるのが好きになったらしい。コハルも、縁側で眠るのが気持ちいいと言っていた。人と契約を交わすと、あやかしとしての性質が変わるのかもしれない。

ウメコが茶を持ってきてくれる。山茶花《さざんか》を模した和菓子が添えられていた。

「いやはや、まりあ様が戻ってきてくれて本当によかったです」

「ウメコにも心配をかけてしまいましたね」

「いいえ、いいえ。本当に大変だったのは旦那様のほうでして」

「装二郎様が？」

ウメコは呆れた様子で、まりあがいなかったときの装二郎について語る。

「ええ。まりあ様の帰りが遅いと言って屋敷をうろうろ歩き回り、まりあ様からの『しばらく帰らない』というお手紙が届いてからは、抜け殻のようになって食事も喉を通らないようでした。あんな旦那様の姿を見るのは初めてで、わたくし共もどうすればいいものかと」

「そうでしたのね」

うろたえる装二郎というのがまったく想像できない。ただ、黒狐の姿になって現れた装二郎は涙を流していた。それほど彼にとっては一大事だったのだろう。

「本家に報告したあと、まりあ様を連れ帰るように命じられたようですが……」

黒狐の姿になって現れた装二郎はまりあの前で泣き、そのまま帰ってしまった。

「翌日は部屋に閉じこもって、こちらの声がけにもまったく反応されませんでした」

一日半、飲まず食わずだったらしい。そんな装二郎だったが、二日目の晩に上機嫌で帰ってきたという。

「まりあ様が戻ると聞いて、安心しました」

「ええ」

まさか、食事も喉を通らないほど落ち込んでいたとは。案外繊細なのだと装二郎の新たな一面を知った。

「わたくしはもう大丈夫。装二郎様のおそばから離れません」

「それを聞いて、安心しました」

もう、揺るがない。まりあと装二郎は夫婦としてこの家にいる。

なにかあればふたりで悩み、考え、行動を起こすのだ。


夜、まりあは装二郎と同じ白檀の香りをまとって出かける。今宵も化け物が暗躍しているのだ。

地下道を通り抜け、化け物の反応があった通りに出る。そこは、飲食店が並ぶ歓楽街だった。すでに閉店していて、人の姿はない。装二郎のあとに続いて歩いていると、ぞくっと悪寒が走る。同時に、鈴の音が鳴った。

りぃん、りぃん……。

「まりあ、あっちだ！」

全長三米突ほどの巨大な狼が、千切れた人の腕を銜えていた。陰陽師の姿はない。今日は先に発見できたようだ。

辺りを見渡すが、被害者らしき人の姿は見当たらない。すでに、化け物に呑み込まれてしまったのか。

装二郎は塗香《ずこう》入れの中の粉末の香を、指先で擦る。するとそこから煙が生まれた。その瞬間に、呪文を口にする。

「香の術——爆煙《ばくえん》」

風に乗って流れる香が、突然爆《は》ぜる。狼が銜えていた腕が宙を舞った。

まりあは狼に接近する。

「グルルルルッ！」

大きく開いた口に、呪符を投げつける。

「爆ぜろ——熾火」

口の中を焼かれた狼は、苦しみの咆哮《ほうこう》を上げた。それでも戦う姿勢を見せる。鋭い爪でまりあを踏みつけようとしたが、足下に長い紐が巻きついて行動を制限した。

否、それは紐ではなく蛇。清白だった。

「ガアアアア！」

狼の化け物は長い尻尾でまりあの体をなぎ倒す。

「きゅんっ!!」

尻餅をついたまりあの変化が解け、小さな狐の姿となる。狼に接近したのはまりあの本体ではなく、コハルが変化したものであった。

背後より接近したまりあが、背中に貼られた呪符を引き剝がす。狼は大人しくなり、ぺたんと力なく倒れた。

変化が解かれる。狼の化け物へと転じていたのは狸だったようだ。人を呑み込んでいたわけではなかったらしい。おそらく、どこかに倒れているはずだ。

装二郎は震える狸の小さな体を抱き上げる。

「よくやった、まりあ」

「ええ」

まりあが剝がした呪符は散り散りとなって消えていった。

遠くから、声が聞こえる。

「おい、大丈夫か！」

「化け物に襲われたのか!?」

装二郎がまりあの肩を抱き、耳元で囁く。

「陰陽師だ。被害者は、彼らに任せよう」

「ええ」

夜闇を駆けながら、まりあは思う。化け物に襲われる被害者に、なにか法則があるのではないのかと。

その後、まりあは化け物に襲われる被害者の情報を、帝国警察局長の娘である花乃香の力を借りて集めてみた。

年若い娘が多いものの、男性も年齢に関係なく襲われている。

一応、装二郎にも見てもらった。まりあは被害者の名前を見て、とくになにも感じなかったが、装二郎ははっとなにかに気づいた顔をする。

「どうかなさいました？」

「いや、癒城家の家臣団だった一族の名前が、いくつもあるものだから」

家臣団というのは、武家に仕える家臣のこと。近しい親族は連枝衆《れんししゅう》と呼ばれ、重用されていたという。そのほか、大きな軍事力を持つ部将、大将の護衛などを務める旗《はた》本《もと》、政務を担当する吏僚《りりょう》など、ひと言に家臣といってもさまざまな役割があったらしい。それらをまとめて家臣団と呼んでいた。

陰陽師、芦名によって癒城家が凋落すると、家臣団も解散となったそうだ。

当時、国内で五本指に入るほどの上級武士の一族であった癒城家には、大勢の家臣団がいたようだ。

「つい先日、癒城家について書かれた書物を何冊か読んでいたんだ。その中に重臣の名が書かれていて、それを記憶していたんだよね」

　ここ最近の被害者、五十名のうち半数ほどが癒城家の元家臣だという。もしかしたら、被害者は癒城家に関係した者ばかりなのかもしれない。詳しく調べるには、本家の蔵に保存されている家臣団の名簿を調べなければならないようだ。

「まりあ、ありがとう。これまで誰も気づかなかったことだ」

「お役に立てたのであればなによりです」

　また一歩、事件の解明に近づいたのかもしれない。どうか装二郎の人生に安寧が訪れますように。そう願ってならない。


　装二郎と出会ったのは、秋のはじめ。そして冬の始まりに、契約花嫁となった。

　それからあっという間に時は流れ――年末である。

　あやかし屋敷では大掃除が始まっていた。山上家には、住人すべてが参加するという決まりがあるらしい。本家では、装一郎も本家屋敷の大掃除をしているようだ。

　大掃除には意味がある。新しい神様を受け入れるための、儀式だという。普段、療養しているあやかし達も、煤《すす》払いに参加している。

久我家では、年末年始は、ただごちそうを食べるだけの日だった。葡萄酒に鵞鳥《がちょう》の肝臓、生牡蠣、鮭の燻製を使った料理が定番である。母親の祖国の慣習を優先して行っていたらしい。

そのため、まりあは帝国に古くから伝わる過ごし方が新鮮であった。

装二郎は畳職人から購入した畳を、あやかし達と共に張り替えているようだった。

まりあは箒を握り、すべての部屋の煤を掃いていく。コハルは尻尾を箒に見立て、畳をささっと払っていた。悶絶するような可愛さである。

ほかの狸や狐も、同じように尻尾を使って掃除しているという。あとで、見回りに行かなければと思うまりあであった。

清白は布巾を銜え、窓拭きをしていた。しかしながら、太陽の光でポカポカになったからか、窓に張り付いたまま眠っている。まりあは優しく、清白を起こした。

化け猫は、縁側で大の字になって眠っている。

「もう！　今日は猫の手も借りたい日なのですよ！」

まりあは化け猫の腹をわしわしと撫で、働けと叫んだ。

「ふ、ふにゃあ！　な、なにをするんだー！」

「働かざるもの、もふもふ、わしわしの刑ですわ！」

「お、恐ろしい奴め！」

化け猫は涙目で叫び、どこかへ走って逃げてしまった。

庭を見ると、鎌鼬達が竹を切っていた。ふわふわの白い毛並みを持ち、手先は鎌となっている。小柄で可愛らしいあやかしだ。正月飾りの門松をつくっているらしい。手が空いたのでまりあも手伝うことにした。

庭の拓けた場所に、材料が集められる。赤松と黒松、竹に梅、注連《しめ》飾りに南天、葉牡丹。使う物にはひとつひとつ意味があるようだ。まりあのそばにいた鎌鼬が説明してくれた。

「松は生命力、不老長寿に一族の繁栄、竹は成長、子孫繁栄、梅は純潔と気高さ、南天は難を天高く吹き飛ばし、葉牡丹は吉事をどんどん引き寄せる」

「この門松は、幸福の象徴というわけですのね」

「ああ、そうなんだ。まあその前に、新年に年神様が降りてくる場所の目印としてつくるんだがな」

「なるほど」

鎌鼬達は、器用に材料を組み立てていく。完成した門松は、屋敷の門の前に設置された。

「右側に黒松、左側に赤松の門松を飾るのが、決まりなんだよ」

松は神様を奉《まつ》る木――そんなわけで、門松に使う木として選ばれたという。

「ただの駄洒落《だじやれ》だと思うがな」

「だとしたら、面白い言葉遊びですわ」

そこへ、ひと仕事終えた装二郎がやってくる。完成した門松を見にきたらしい。

「いやはや、立派な門松だ」

「今年は、まりあ様も手伝ってくれたんだよ」

「そうなんだ。まりあ、ありがとう」

微笑みながらまりあのほうを見る装二郎の頬には、黒い煤が付いていた。これまで、掃除を頑張っていたのだろう。まりあは着物の袖で、煤を拭ってあげた。

「ん、なに？」

「頬が汚れていたので」

「そうだったんだ。恥ずかしいな」

頬を染める装二郎を、まりあは微笑ましい気分で心ゆくまで眺めた。

部屋に戻ると珍しく、実家の母親から手紙が届いていた。なんでも餅つきをするので遊びにこないかという招待であった。都合が合えば装二郎も一緒にと書かれている。

誘いにいったところ、「喜んで」という返事があった。結婚してから初めて両親と会う。嫁いだ娘が実家に用事もなく戻るのはよくないと言われているため、会いにいけなかったのだ。

これまで、実家で餅つきなどしていなかった。なんでも父が職場で、臼《うす》と杵《きね》を譲り受けたらしい。せっかくなので餅でもつこうか、という話になったようだ。

「まりあのご実家に行く前に、街でなにかお土産でも買おうか」

「あの、土産は必要ないと手紙に書いてありまして」

「そうなんだ。でも、それはお決まりの言葉でしょう？」

「いえ、本心からの言葉かと。母は異国人です。回りくどい物言いはしないので」

「そうなんだ」

まりあに迷惑をかけないよう土産は受け取らない。その姿勢でいるらしい。

「なるほどねえ。まりあの元気な姿がなによりのお土産になるのかな？」

「そうだと思います」

「うん、わかった」

そんなわけで、まりあの実家への訪問が決まった。

年末の二十八日――この日が、餅つきをするのにもっとも適した日だと言われている。八の字が末広がりで大変縁起がいいらしい。
なんとなく、緊張しているのか早起きしてしまう。太陽はまだ昇っていないものの、外は微かに明るい。まりあは寝間着から着替え、羽織をまとって庭を散歩する。

途中、鎌鼬が水仙の花を刈っている場を目撃した。なんでも、家に飾るらしい。刈るのを手伝っていたら、水仙を持っていってもいいと言う。

母親が好きな花である。贈ったら喜ぶだろうし、購入した土産ではないので受け取ってくれるはずだ。まりあは鎌鼬と共に、水仙を摘む。

着ていく着物は白い椿が描かれた一着を選んだ。餅と聞いたら和菓子の椿餅を思い出したのだ。椿餅は数百年もの歴史を持つ、桜餅のように椿の葉で包んだ菓子だ。

椿の着物をまとい、緑色の羽織を合わせる。狙いどおり和菓子の椿餅のような組み合わせとなった。

髪はウメコに結い上げてもらい、菊を模したつまみ細工の髪飾りを挿す。

装二郎は紺色の袷に袴、羽織を合わせた姿で現れた。少々ぼんやりしているものの、昨晩も仕事だったので仕方がない。

まりあも同行したが、なにもかも終わったあとすぐに眠れたので、睡眠時間は十分だった。一方で装二郎は寝付きが悪く、明け方まで眠れない日もあるらしい。

今日もきっと、あまり睡眠時間がとれていないのだろう。眠そうな装二郎は両親も見慣れているから問題はない。

「まりあ、行こうか」

「ええ」

当然のように差し出された手に、まりあは指先を重ねる。触れた手は温かい。そんな些細なことが今のまりあには嬉しかった。

馬車で向かい、大通りで降りるとそこからは徒歩でまりあの実家を目指す。

「あれ、まりあ、その水仙どうしたの？」

「鎌鼬のお仕事を手伝ったら分けてくれたんです」

「そうだったんだ」

「母が、水仙が好きなものですから」

「喜んでくれるといいねえ」

装二郎は穏やかな微笑みを浮かべる。まりあの胸は温かくなったが、それを言葉にできず「はい」とだけ返した。

話をしているうちに久我家の前にたどり着く。

もくもくと湯気が上がっている。庭を覗き込むと、まりあの母と通いの使用人であるアンナが餅米を蒸しているようだった。

「お母様、アンナ！」

「ああ、まりあ！」

「まりあ様！」

まりあは我慢しきれず、ふたりのもとへと駆け寄った。

「お母様もアンナも、元気そうで」

「ええ」

「このとおりです」

母に抱きつこうとしたが、手にしていた水仙を思い出す。そのまま差し出した。

「お母様、こちらはわたくしが朝、庭で摘んだ水仙です」

「まあ、きれい。アンナ、部屋に生けておいてくれる？」

「はい、かしこまりました」

両手が自由になったあと、母と抱擁する。結婚してから数か月も経っていないのに、
母の温もりと匂いを酷く懐かしく感じてしまった。

アンナと入れ替わるように、まりあの父がひょっこり顔を覗かせる。

「賑やかな声が聞こえると思ったら、まりあか」

「お父様、お久しぶりです」

「ああ、本当に。なんだか、もう何年も会っていなかったようだよ」

「わたくしもそのように思っていました」

父は装二郎も、温かく迎えてくれた。

「装二郎君もよく来てくれた」

「お邪魔しています」

アンナが温かい紅茶を淹れてくれた。久しぶりの紅茶を味わいつつ、餅米が蒸しあがるのを待つ。

「装二郎君は、餅つきの経験は？」

「本家で毎年していています」

「だったら安心だ。実を言えば、ここにいる者は全員、餅つき未経験でね」

餅つきはついて捏ねるの繰り返しだというが、言葉で説明するより簡単ではないだろう。

「旦那様、奥様、餅米ができましたわ」

「よし、やろうか」

「ええ」

なんとなく両親の餅つきに不安を覚えたまりあは、装二郎と共にやると名乗り出た。

「いや、そんな難しい工程ではないですけれどね」

そう言いつつ、装二郎は羽織を脱いで、袖が邪魔にならないように襷《たすき》を結ぶ。初めて見る装二郎の腕は、思っていた以上に太くてがっしりしていた。勝手に、もやしっ子だと思っていたのだ。心の中で謝罪する。

「ああ、わたくしも、襷を結びませんと」

没落前は結べなかった襷も今はお手の物である。

「臼と杵、きちんと水に浸けておいたんですね」

「ああ。そういうふうに使うものだと、持ち主から習ったんだ」

　水に浸けておくと餅米がくっつかなくなるらしい。それに加えて、臼の破損も防ぐ。乾燥させた状態で衝撃を加えるとヒビが入ってしまうからだ。

　蒸しあがった餅米を臼に入れる。杵を持ち上げた装二郎が、慣れた手つきで捏ね回した。

「よし、こんなもんかな。まりあ、始めるよ」

「いつでもどうぞ」

　まりあは指先をしっかり濡らして備えた。餅米をついて、外から集めるようにまとめ、ついて、まとめを繰り返す。思っていた以上に餅米は熱かった。まりあは持ち前の負けず嫌いと、我慢強さで合いの手を務める。

「まりあ、餅米、かなり熱いでしょう？」

「あ、熱くなんてありません！」

「またまた」

　装二郎にはバレバレだった。途中で父と役目を交代する。男性陣が餅をつく様子を、縁側に座って眺める。

「お父様、もっと早く返さないと、餅が硬くなってしまいますわよ」

「まりあ！　これでも頑張っているんだよ」

ヘロヘロな父の様子に思わず笑ってしまう。つき手である装二郎は力強いさまを見せていた。いつもとちがう姿にまりあは内心ドキドキする。

初めての餅つきだったが、経験者である装二郎がいたのがよかったのだろう。

大成功だった。

できあがったばかりの餅は、きなこやあんこ、擂ったゴマなどにつけて食べる。

「んんっ!?」

餅は信じられないくらいやわらかく、おいしかった。家族揃ってワイワイ楽しくつくったのも、おいしさに含まれているのかもしれない。

装二郎も笑顔を見せている。

「まりあ、こんな楽しい餅つき、初めてだよ」

「よかったです」

実家で過ごす時間は、あっという間に過ぎていった。

帰宅と同時に、鎌鼬達がつくってくれた注連縄を玄関に飾る。

「装二郎様、注連縄はどういう意味がありますの？」

「これは、年神様を迎えるにふさわしい清められた場所だという印なんだ。大掃除が終わった家は注連縄を飾るんだよ」

「そうですのね」

また、今年の災いを外に追い出し、新しい年に災いが家に侵入しないようにするものでもある。年末年始は飾りや行動のひとつひとつに意味があるようだ。どれも大事で手を抜いてはいけない。

玄関を潜るとあやかし達が迎えてくれた。心がほっと癒される。

持ち帰った大小の餅では、鏡餅と呼ばれる物をつくるらしい。なんでも、鏡餅も年始には欠かせないものなのだとか。

「これにも、意味がありますのよね？」

「うん。鏡餅は家にお迎えした年神様の依り代《よりしろ》になるものなんだ。だからとっても大事な物なんだよ」

鏡餅の丸い形は、人の魂を模したもので、それが神事に使う鏡に似ていたことからそう呼ばれるようになった。諸説あるようだが、山上家にはそのように伝わっているという。神様の依り代なので、三方《さんぽう》と呼ばれるひのきの白木でつくった台座に載せるのだ。

三方の上に、厚紙の端を赤く塗った四方紅《しほうべに》と呼ばれる紙を重ねる。これは、四方に繁栄するようにという願いが込められているのだ。その上に、裏白《うらじろ》と呼ばれる、名前のとおり裏が白くなっている葉と、ゆずり葉を置く。

裏白は生命力の象徴。ゆずり葉は、世代がゆずられ、永久に子孫が生まれますようにという願いが込められている。それらの葉の上に餅を重ねていくのだ。このふたつを重ねることも福が重なるという意味がある。

餅の頂点には、紅白の御幣《ごへい》と橙《だいだい》を置く。橙には、代々家が栄えますようにという願いが込められているのだ。

「と、こんな感じで完成」

まりあは思わず拍手をしてしまった。

「大変でしょう？」

「ええ。年始の準備は、ひとつの大がかりなまじないなのですね」

「そう。山上家は、一族の存続を神頼みで乗りきろうと考えているところがあって、毎年しっかり準備しているんだよね。そのとどめが御節供《おせちく》なんだ」

「おせちく、ですか？」

「そう。年始に食べる特別な料理だよ」

年神様をもてなす縁起物の料理らしい。慶事が重なるように重箱に詰め、数日かけて食べるという。

「たぶん、明日辺りからウメコがつくりはじめると思う」

「そうなのですね」

山上家の皆も明日から正月明けまで仕事には行かないという。毎年、この時期になると化け物は不思議と出なくなるらしい。

「帝都に神様がたくさん招かれるからね。悪事もできないんだと思うよ」

「そうなのですね。ちなみに、装二郎様は年末年始をどう過ごされるのですか？」

「明日の午後辺りから山上家の本家に行って、日付が変わるまで餅つきかな」

「まあ、そうでしたの!?」

「毎年、腕が上がらなくなるまで餅をつくんだよねえ」

餅つきをするのは山上家の若者の仕事らしい。中でも予備である装二郎は積極的にしなければならないようだ。

「明後日、明明後日《しあさって》辺りは掃除のお手伝いかな。泊まり込みでするんだ」

行きたくないし、したくもない。装二郎は珍しくぼやく。

「年始は、まりあも本家に行かなければならないんだけれど……。まりあにおじさん達のお酌をさせたくないな」

「わたくしはべつにかまわないのですが」

「いや、かまうよ。酔っ払ったおじさん達、ふざけてお尻触ってくるし」

魔の手は女性陣だけでなく、装二郎にも向けられる無差別的なものなのだとか。

装二郎は頭を抱え込み、最悪だと叫ぶ。

「では、べつに、行かなくてもいいのでは？」

「え!?」

まさかの選択だったのだろう。装二郎の目が点になる。

「装二郎様はこのお屋敷の年末年始の準備をしましたし、本家は本家の方々ですると思います。ご挨拶も、バタバタと忙しい年始にする必要はないでしょう」

「それは、そうだけれども……」

「装二郎様の家はここです。年越しの準備が終わったのならば、ゆっくり過ごしてもいいと思います」

「そ、そっか。言われてみれば、そうかも」

装二郎はスッと立ち上がり、まりあに宣言する。

「今から、本家の行事には参加しません、年末年始は屋敷で過ごしますって手紙を書くよ。それで明日は一緒に御節供をつくろう。それをまりあの実家に持っていって、お義父さんとお義母さんとお正月をのんびり過ごすのはどうかな？」

「とってもすてきだと思います」

「決まりだね！」

思いがけず、楽しい年の始まりになりそうだ。

まりあも両親に手紙を書く。年が明けたら装二郎と一緒に挨拶に行く、と。

縁側に狐達が並んで日なたぼっこをしている。太陽の日差しを浴びた毛並みは黄金に輝いていた。通常、あやかしは日の光を苦手とするが、これは日の光を利用した治癒の術式らしい。そのため、太陽の下にいても平気なのだという。

あまりにも可愛らしい姿なので、いつまでも見ていられる。と、こんなことをしている場合ではない。年末は忙しいのだ。

装一郎からの手紙はすぐに返ってきた。好きにしろ、とのこと。

「びっくりした。無理にでも来いって言うかと思っていたから」

「よかったですわね」

「うん」

年の瀬をゆっくり過ごすのは初めてだと、装二郎は嬉しそうに語っていた。当然の権利を、装二郎はこれまで手にしていなかったのだろう。

これからはまちがった行いは少しずつ正していきたい。もう二度と、装二郎を予備とは呼ばせない。そんな気概がまりあにはあった。

翌日、まりあと装二郎は、揃いの割烹着をまとって台所に立っていた。これから御節供をつくるのだ。先生はウメコと台所で働く鎌鼬達。

「では、御節供の料理について説明しますね」

重箱に詰める料理は全部で十二種類。地域によって料理は異なるようだが、山上家では十二という数字を〝余分なほどに完全〟と捉えているようだ。

「たしかに、十二分という言葉もありますので、十二という言葉は特別なのかもしれないですわね」

年神様をもてなす十二の料理は、手間暇かけてつくられているという。ウメコが胸を張りつつ説明してくれる。

「豆を甘く煮込んだ『黒豆』、乾燥イワシを甘辛く味付けした『田作り』、甘く煮た栗を擂った芋に絡めた『栗きんとん』、『紅白かまぼこ』に、酢でしめた『紅白なます』、季節の野菜を煮込んだ『煮物』、塩で漬けた『数の子』、ニシンに昆布を巻いて干瓢《かんぴょう》で締めた『昆布巻き』、すり身と卵を混ぜたものを渦巻き状に焼いた『伊達巻き』、鰤《ぶり》を甘辛く味付けした『鰤の照り焼き』、塩ゆでした『海老』、ゴマで和えた『たたきごぼう』――以上、十二種類です」

「もしかして、数日にわたってつくりますの？」

「はい！」

料理を少ししか習得していないまりあでもわかる。とても一日でつくれるような品数ではないと。

「なんというか、甘めの味付けの料理が多いですわね」

「それにも理由があるようです。御節供は年神様をもてなす料理なのですが、台所のかまど神を休ませるものでもあるのです。だから、砂糖をきかせた保存がきく料理を重箱に詰めるのですよ」

「なるほど」

年の始まりはかまどに火を点さず、温かいものを食べたいときは火鉢を使うのだという。

「料理にも、ひとつひとつ願いが込められているのですよ」

黒豆は邪気を祓う。田作りは五穀豊穣。栗きんとんは商売繁盛や、金運を呼び込む。紅白かまぼこは、赤は邪祓い、白は清浄を意味する。紅白なますは一族に平和をもたらす。煮物は強い運気を引き寄せる。数の子は多くの子どもに恵まれますように、という願い。昆布巻きは不老長寿と、子孫繁栄の意味がある。伊達巻きは家庭円満。鰤の照り焼きは立身出世の願いが込められている。海老は健康と長寿。たたきごぼうは開運と幸せの意味が込められている。

「この世の縁起担ぎが詰め込まれたお料理ですのね」

「そうですね」

それなら気合いを入れて準備しなければならない。まりあは襷を巻いて、御節供づくりに挑んだ。

二日掛けて御節供を完成させたら、三十一日は蕎麦打ちが始まる。のんびり休む暇なんてなかった。

大晦日は蕎麦を食べるらしい。この風習もまりあにとっては初めてである。

蕎麦についても、ウメコが説明してくれた。

「その昔、三十日《みそか》蕎麦といって、毎月三十日に蕎麦を食べる風習があったそうです。それが、年末の大晦日の晩だけになって、晦日《みそか》蕎麦、と呼ばれるようになったそうですよ」

ウメコは切ったばかりの蕎麦を一本摘まんで、まりあに見せた。

「この蕎麦みたいに、長く生きられますようにという願いが込められているのです」

さらに、一年の邪気を断ちきるという意味もあるようなので、食べ残しは厳禁だと。

「年末の本家では、わんこ蕎麦大会なんてものも開催されているようですよ」

「わんこ蕎麦？」

まりあの脳内には、犬が蕎麦を食べる様子が映し出される。しかしながら犬は関係ないらしい。

「わんこはお椀という意味です。お椀に少量の蕎麦と薬味を入れて、次々食べるのがわんこ蕎麦と呼ばれるものなのですよ」

大変盛り上がるらしい。装二郎は百杯ほど食べるようだが、毎年装一郎に負けているという。

「絶対わざと負けているだろうと、兄弟喧嘩になるのも年中行事だったのです」

「でしたら、ご当主様は今頃寂しがっているかもしれないですわね」

「たまにはいいと思います」

茹だった鍋に蕎麦が投下される。ぐつぐつ沸騰《ふっとう》する中で、蕎麦が踊っていた。

蕎麦に載せるものも、縁起を担いでいるという。ネギは、一年の頑張りを労うという言葉遊び。海老は長寿祈願。春菊は、今が一番おいしいので一族の盛りを祈る。紅白かまぼこは祝いの象徴。玉子焼きは金を呼び込む。稲荷揚げは、五穀豊穣を司る稲荷神の加護が続くよう願いが込められている。

蕎麦にてんこ盛りの具が載せられた。まりあと装二郎は、ふたりきりで晦日蕎麦を囲む。

「こんな静かな年越し、初めてだな」

「賑やかなのがお好きならば、わたくしとわんこ蕎麦勝負でもいたします？」

「待って。ちょっと面白そうなんだけれど」

「装二郎様、八百長《やおちょう》はなし、ですわよ」

まりあの返しに、装二郎はぷっと噴き出す。

「ちょっ、それ、誰から聞いたの？」

「内緒です」

そんな話をしつつ、蕎麦を食べる。

「まりあは、お蕎麦を食べるのは初めて？」

「晦日蕎麦を食べるのは初めてですが、お蕎麦は初めてではありません」

「そうなんだ」

印象的だったのは女学校時代に食べた立ち食い蕎麦。

外出を許された日、花乃香が屋台を発見したのだ。立って食べるなんてはしたない。そんなことを言う同窓生に、花乃香は言った。孔雀宮である夜会では、立って料理を食べるのが礼儀だと。だから、立ち食い蕎麦ははしたなくない。

同窓生達は花乃香にまんまと騙される。その日は寒かった。だから、どうしても温かい蕎麦が食べたかったのだ。

「花乃香様達と食べたお蕎麦は、本当においしかったです」

蕎麦の味が忘れられなかったが、なかなか立ち食い蕎麦にひとりで挑戦はできなかった。次に食べたのは、久我家が没落してから。あばら屋に引っ越し呆然としている中で、アンナがつくってくれたのが温かい蕎麦だった。

それは隣近所に配った蕎麦の余りだった。下町では、引っ越しをしたら蕎麦を配るという習慣があるようだ。〝おそばに末永く〟という意味があるのだという。

「その蕎麦も、おいしかったと記憶しています」

安くておいしい蕎麦は、没落した久我家を支えてくれた料理だったのだ。

ウメコと打った蕎麦は香り高くのどごしもよい。普段食べるものよりおいしいと感じるのは、新蕎麦だからだろう。

蕎麦は秋に収穫され、挽かれて粉となる。今の時季に流通するのは、玄蕎麦と呼ばれる殻の付いたものだという。玄蕎麦は劣化が早く味わえる期間も短い。年始からは殻が取り除かれた蕎麦が販売されるため、玄蕎麦を味わえるのは今だけというわけだ。

「まりあ、お蕎麦、おいしいね」

「はい、おいしいです」

装二郎と蕎麦を食べながら、来年こそ穏やかな一年でありますようにと願った。


元旦、まりあの両親は、夫婦揃っての訪問を大変喜んでくれた。先日来たばかりなのにお邪魔してしまい……という装二郎に対し、父や母はいつでも大歓迎だと言ってくれる。

装二郎と共につくった御節供も、家族みんなでおいしく食べた。会話も盛り上がる。

まりあの幼少期の話をするのは勘弁してほしい。そう思ったが、装二郎が喜んでいたのでよしとした。

酒が入ったので、ひと晩泊まるようにと勧められた。装二郎は遠慮したが、押しきられてしまう。

夕方、まりあは母と共に近所の銭湯へと出かけた。戻ってきたあとは書き初めで盛り上がる。やがてすっかり夜になり、休むこととなった。

久しぶりにまりあの私室に戻ると、驚きの光景を目にする。

それはアンナが用意した、まりあと装二郎が眠るための二組の布団だった。

思わず呆然とする。夫婦なのだから普通、寝室は一緒で布団も隣り合わせなのは当たり前。ただ、まりあと装二郎は屋敷でも別々の部屋で寝ているのだ。

初夜であれば腹を括っていただろうが、突然だとさすがのまりあもうろたえてしまう。布団の上に正座していたら、装二郎がやってくる。

まりあを見るなり、まちがったと言って襖を閉めた。

「装二郎様、まちがってはおりません」

指摘すると、そっと襖が開けられた。装二郎はまりあの父親の浴衣を借りたのだろう。身長差があるので、すねが少しだけ見えている。なんとも新鮮な姿であった。

「いや、まさかこんなことになるとは……」

「ええ、本当に」

アンナは、契約結婚について知らない。だから、当然とばかりに装二郎とまりあを一緒の部屋にしたのだろう。

「お義父さんと一緒に寝ようかな」

一瞬、まりあの父と装二郎が仲よさそうに寄り添って眠る様子を想像した。しかしながら、問題はそこではなかった。

「父の寝室は母と一緒です。山上家のお屋敷のように広い家ではないのですよ。それに――」

「それに？」

「この家は今の季節、大変寒いようです。眠るときの暖房器具もございません」

「そうだね」

「寄り添って眠らなければ、凍える夜を過ごすことになるでしょう」

「それは嫌だな……」

先ほど母が話していたのだ。まりあがこの家で過ごしたのは夏から秋にかけて。そこまで寒さを感じていなかったが、真冬となれば別だろう。

互いに温め合わないと寒くて眠れない。

「でも僕、お風呂に入っていない上にお酒臭いんだけれど」

「かまいませんわ」

夜になり、気温もぐっと下がる。すっかり体が冷えてしまった。まりあが先に布団に潜り込む。と、その瞬間に思い出した。

「そういえばわたくし、装二郎様に寝間着をつくっていましたの」

「僕に、まりあが？」

「ええ。わたくしの両親のことですから、泊まっていくことになるかと念のため持ってきておりました」

鞄の中から、寝間着を取り出して装二郎に差し出す。

「本当に、貰っていいの？」

「ええ。でも、縫い目は見ないでくださいませ。職人がつくったものに比べたら、縫製は甘いので」

「いや、よくできているよ。ありがとう」

装二郎はまりあがつくった寝間着を、大事そうに胸に抱く。頑張ってつくってよかったと、心から思った。

「さあさ、その寝間着を着て、眠りましょう」

「…………」

大人しく、従う気はないようだ。腹を括ればいいのにと、まりあは思う。

「あ、そうだ。狐の姿だったら問題ないかも？」

「どんな姿をしていても、装二郎様は装二郎様ですわ。つべこべ言っていないで、布団に入ってくださいませ」

「は、はい」

あんどんの火を消すと部屋は真っ暗になる。装二郎は寝間着に着替えているようだ。ゴソゴソと、布がすれる音が聞こえた。どうしてか、ドキドキしてしまう。

「はあ、緊張する」

「装二郎様、そういうのは心の中に留めるものです」

「口に出さないと、感情が爆発してしまいそうで」

まりあも緊張していたものの、口にする余裕などなかった。

だが、そんなドキドキよりも、寒さが勝る。布団に入ったものの、なかなか温まらない。やはり、装二郎とくっつく必要がある。

勇気を振り絞って、まりあは声をかけた。

「装二郎様、起きていますか？」

「うん」

「そちらの布団へ、行っても？」

「なんだってえ？」

「寒いので、装二郎様のお布団に潜り込みたいなと思っているのですが」

しーんと静まり返る。しばしの沈黙を破ったのは、装二郎だった。

「あの、まりあさん？」

「なんですの？」

「僕のこと、男として見ていないでしょう？」

「見ておりますが？」

「見てない。男の布団の中に潜り込んで、求められるのは暖だけではないってわかっているの？」

「ええ」

「ええ？」

言いたいことはわかる。夜の作法は、きちんと習っているから。

「べつに、装二郎様相手ならば、求められるのもやぶさかではありません」

「そ、そうなの!?　どうして!?」

「あなたを、夫だと思っているからです」

「そっか。そうだったんだ」

まりあの決意を聞いて、装二郎は安心したらしい。布団を広げて、「だったらおいで」と誘ってくれる。

まりあは起き上がり、装二郎の布団の中に横たわった。

「装二郎様の、匂いがします」

「え、なにそれ？」

　白檀と装二郎自身の匂いが混ざったものである。そばにいて心臓がばくばくと音を立てているが、嫌なドキドキではない。

「わたくし、ここで眠れるのでしょうか？」

「自分から潜り込みたいって主張したのに、そんなこと言う？」

　そう言いつつも、装二郎はまりあの背中をポンポンと叩き、寝かしつけにかかった。

「あの、装二郎様」

「なに？」

「わたくしを、お求めにならないのですか？」

「そんな、自分を商品みたいに言って……」

　装二郎はまりあの身を抱きしめ、耳元で囁く。

「僕を取り巻く問題がすべて解決したら、まりあを求めたい」

　いつになく熱い声色に、まりあは盛大に照れる。きっと、頬どころか顔全体が赤くなっているだろう。装二郎の言葉にまりあはこくりと頷いた。

　夜は更けていく。酷く冷え込む夜だったが、寄り添って眠ると暖かかった。

　新しい年が始まった二日目――屋敷に戻り、祝い気分を満喫している場合ではなかった。

ウメコが本家から届けられたという手紙を持ってくる。正体不明の敵について調査していた装一郎が、ある情報を得たという。

化け物に襲われた被害者のうち、半数は死亡し、半数は陰陽師や山上家の者達に助けられている。怪我を負った者は病院に運び込まれているのだが、帝国病院ではなく、別の診療所へと運ばれていることが明らかになったようだ。

そこは、あやかしに襲われた怪我を専門的に治療する病院らしい。診療時間も、夜間に限定されている。

場所は下町。酒場だった建物を改装し、開かれたようだ。近所の住人は、人が出入りしているところを一度も見ていないと言う。怪しさしかなかった。

「まりあ、今からこの診療所に調査に行こうと思っている」

化け物が現れない年始の今が、絶好の機会なのかもしれない。

「わたくしも、ご一緒します」

装二郎は、神妙な面持ちで頷いた。

久しぶりの仕事。今日も動きやすいように袴を着る。懐に呪符を差し込んだ。もちろん、装二郎から貰った銀の鈴を付けるのも忘れない。仕込み刃付きの傘も持っていく予定だ。

昼間であるがコハルと清白もまりあに同行するという。コハルは襟巻きに化け、清白は巾着の中へと潜り込む。

「ふたりとも、ありがとう」

心強い味方とともに調査に向かった。

街には、『初売り』と書かれた赤い幟《のぼり》があちこちに上がっている。多くの人々が商店に押しかけ、品物が入った木箱を抱えていた。年が変わり、その翌日に始まるのが初売りだ。

「事を始めるには、年始の二日に行うと縁起がいいって言われているんだよ。だから、商売は今日からのお店が多いみたい」

「そうなのですね」

自分達の問題もきっといいほうに傾く。なんたって、今日は事を始めるのに縁起がよい日なのだから。

「人が多いなあ」

そう言って、装二郎はまりあの手を掬うように取った。簡単に離ればなれにならないよう、指と指の間に手先をすべらせてからぎゅっと握る。

これは、恋人繋ぎと呼ばれるもの。女学校時代に同窓生達と盛り上がったことがある。友達同士で試してもドキドキしたくらいだったのに、装二郎相手ならば、平静ではいられない。

「あ、あの、装二郎様、手――」

「手？」

「手を、このように、繋ぐ必要は、あるのかと」

「こっちのほうが離れないでしょう？」

ただ握っているだけでは、誰かにぶつかったときに離れてしまうかもしれない。だから、このようにするのだという。

「この握り方、嫌？」

「い、嫌ではありませんけれど」

ただ、猛烈に恥ずかしい。それだけだ。

初売りで賑わう大通りを抜け、診療所がある下町を目指す。まりあの実家があるほうとは、真逆に位置しているらしい。下町は東西南北と四か所あるが、場所によっては治安が悪いという。

「今から向かう北の下町は、治安が悪いところだねえ」

「気を引き締めて進みます」

「うん、それがいいよ」

装二郎はまりあの手を、力を込めて握る。なにがあっても離れないように。

そんな意思を、まりあは感じ取った。

「あ——！」

人々がまばらに通る道に、見知った後ろ姿を発見する。

それは元婚約者、波田野敦雄だった。

「まりあ、知り合い？」

「え、ええ。元婚約者で、今は政府の諜報活動を行う部署にいるらしいです」

「そうなんだ」

向かう先にはあやかし専門の診療所がある。もしかしたら、彼もまた同じように潜入しようとしているのかもしれない。

「装二郎様、どうします？　一回、出直したほうがよろしいのでは？」

「いや、行こう。もしも向かう先が同じでも迷い込んだことにすればいいからさ」

調査は今日がいい。装二郎の勘がそう訴えているのだという。

「まりあが嫌な予感がするならば、引き返すけれど」

「いいえ、とくになにも感じません。行きましょう」

「了解！」

敦雄のあとを、気づかれぬよう、つかず離れず。そんな距離で歩く。べつにあとを追っているわけではないが、やはり行き先が一緒のようだ。

そして――不気味で古めかしい、平屋建ての建物の前にたどり着く。

看板には、『箭実矢《やみや》診療所』と書かれていた。

「ここが、あやかし専門の診療所、ですか」

「みたいだね」

敦雄は周囲をキョロキョロと見て、誰もいないのを確認すると正面玄関から中へと入っていった。

「彼、本当に諜報員なの？　僕達の尾行まがいの行動に気づかない挙げ句、見られているのにも気づかないなんて」

たしかに敦雄の行動は、あまりにもお粗末であった。もしかしたらなにか狙いがあるのかもしれないが、意図は謎である。

「わたくしのほうが、うまくやれそうな気がします」

「まりあの気配遮断、すごいよねえ。ちょっとびっくりしちゃった。どこで習ったの？」

「習ったわけではないのですが、武道を習うときに、攻撃の手を読まれないように工夫したものが、装二郎様が気配遮断と呼ぶものなのかなと」

「独学なんだ。すごすぎる」

敦雄が診療所の内部へ足を踏み入れてから三十分ほど経った。ずっと様子を見ていたが、出てくる気配はない。

「なんていうかさ、むしろ、僕達をおびき寄せる罠かもしれないね」

「ああ見えて、わたくし達の尾行に気づいていたと？」

「いや、気づいていないと思う。でもたぶん、わざと僕達の目に付くようにここと大通りを何往復もしていたんだと思うよ」

「だとしたら、大変な労力でしたわね」

「そうだね」

ここまできたら、引き下がれない。装二郎は決意を固める。

「よし。僕達も、中へ入ってみようか」

「はい」

潜入する前に、装二郎は懐から千代紙と貝に封じられた練り墨を取り出す。千代紙の裏に指先で時間を書き込む。その後、鶴を折った。

「装二郎様、それは？」

「もしも、日が暮れても報告が届かないようであれば、ここにいるから助けてくださいっていう手紙」

羽を広げた鶴を手のひらに載せ、ふっと息を吹きかける。鶴はパタパタと羽をはばたかせ、空高く飛んでいった。装一郎のもとを目指しているらしい。

続けて取り出したのは、姿隠しの香「煙霧」。気配と姿、声、匂いを遮断する。吊り香炉に入れて、火を点ける。煙が、じわじわと漂ってきた。

「さあまりあ、行こう」

「ええ」

先ほど敦雄が入っていった正面玄関から入るのではなく、建て付けの悪い窓から侵入するという。

この辺も、装一郎が事前に調査していたらしい。建物を回り込み、路地裏のほうへ入り込む。窓は外から見ただけでも歪んでいた。窓枠を掴み、軽く揺らしただけで簡単に開く。装二郎は窓枠に足をかけて、ひらりと中へ入った。まりあも続こうとしたが、装二郎の腕が伸びる。

まりあの胴を掴んで抱き上げると、軽々と中へ引き入れてくれた。突然のことだったので、悲鳴を上げそうになった。

気合いで呑み込む。姿隠しの香の効果があるので、叫びを発してもべつに問題ない。けれども、なるべく大きな声は出したくなかったのだ。

診療所の廊下は薄暗く埃っぽい。天井を見上げたらクモの巣が張っていた。衛生状態は最悪としか言えない。なぜこのような場所に怪我人が運び込まれていたのか。意味不明である。

「装二郎様、人の気配は？」

「感じない」

最後に運び込まれたのは、装二郎とまりあが夜見回りに行ったときに遭遇した、狼の化け物に手を引きちぎられた被害者だという。

一週間前なので、退院しているはずがない。ひとまず、廊下を真っ直ぐに進んでみるが、驚くほど人の気配はない。

敦雄はどこに行ったのか。同じ空間にいるとは思えなかった。もしかして裏口から出ていったのか。よくわからない。

途中、いくつも並ぶ扉の中から僅かに開いていた扉を開き、部屋の中を覗いてみる。

まりあは、口元を押さえ悲鳴を呑み込んだ。床が真っ赤に染まっていたのだ。激しい悪臭も漂っている。

染み込む赤黒いものは塗料ではないだろう。誰もいない寝台にはメスが刺さっていた。棚は空っぽ。薬品の瓶などがところどころに倒れているが、古びていた。使用済みの注射器が床に何本も転がっているのも不気味である。

「装二郎様、こ、ここは、なんですの？」

「ひとまず、まともに機能している診療所でないことはたしかだね」

近くに落ちていた注射器には液体が残っていた。装二郎は手袋を嵌め、拾い上げる。

それを缶の小物入れに入れて懐の中へ忍ばせた。証拠品として持ち帰るのだろう。

「もしかしたら地下部屋があるのかもしれない。探してみよう」

どうやって地下部屋を探すのか。尋ねると、装二郎は先端に水晶が結ばれた振り子を取り出した。

「これは化け物を探すための道具だけれど、ここでも反応するはず」

振り子を垂らし、部屋のひとつひとつを確認していった。どの部屋も、埃と血の臭いが混じっているような悪臭漂う空間だった。

その中で、真新しい白衣がかけられた部屋を発見する。そこで振り子がくるくると回った。

「この部屋に、なにかあるみたい」

「寝台の……下」

「え？」

巾着の中にいたはずの清白が顔を出し、ポツリと呟く。這い出てきて、まりあの腕に絡まった。

「清白、寝台の下になにかありますの？」

「血の臭いが、濃い……。それから、下にぞくぞくする気配がある」

「まちがいない。地下部屋があるんだ。調べてみよう」

「このコハルめに、お任せください！」

コハルが変化を解いて、寝台の下を覗き込む。

爪先で軽くトントンと叩きながら歩いていたら、一か所だけ音が異なる場所があるという。寝台を移動させると、床の色が明らかにちがう部分があった。そこを調べると、地下に繋がる扉が現れる。

扉を開けるとはしごがぶら下がっており、その先には通路があるようだ。装二郎は千代紙を取り出し、そこに練り墨を使って名前を書き息を吹きかける。

すると、屋敷にいるはずの狐が飛び出してきた。

「ちょっとここで見張りをしていてくれる？」

「了解です」

地下部屋へ繋がる出入り口の番を狐に任せ、装二郎とまりあは地下へ繋がるはしごを使って下っていく。

りぃん、りぃん。

下りた途端に、銀の鈴が音を鳴らす。地下は真っ暗で、なにも見えない。

「まりあ、用心して！」

「はい」

なにかが、来る。ぶわりと、悪臭が混じった風圧を感じた。

りぃん、りぃん……!!

「うっ!!」

衝撃に備えて奥歯を食いしばったが、衝撃はなかった。代わりに、化け物の咆哮が聞こえる。

「ギュルルルルッ！」

鳴き声が聞こえると同時に、灯りが灯る。それは、毛並みを発光させたコハルであった。同時に状況も明らかとなる。

大きな虎のような化け物に、九尾の黒狐となった装二郎がのしかかっていたようだ。まりあは目を凝らす。目が熱くなりよくよく見たら、額に札が貼り付けてあった。

「装二郎様、額に札が貼ってあります！」

まりあが叫ぶと、装二郎は前脚で化け物の額を叩いた。すると、札がはらりと落ちていく。

どうやら、まりあでなくても札を剥がすことは可能らしい。虎の化け物から、化け狸の姿へと戻る。怪我はないようだが衰弱しているように見えた。

「屋敷で保護しないと」

「もう一匹、狐を呼ぶ」

人の姿へと戻った装二郎はどこからともなく千代紙を出し、指先で文字を書く。

息を吹きかけると、狐の姿になった。

化け狸を屋敷へ連れていくように命じると、背中に乗せて運んでいく。

「まりあ、先を急ごう」

「ええ」

発光するコハルが先導する。なんでも、日なたぼっこを毎日していたらあのように光る能力を得たらしい。あやかしの七不思議である。

そのあとも、化け物に襲われた。が、すべて、九尾の黒狐となった装二郎が体を押さえ、まりあが呪符のありかを探るという戦法で切り抜ける。

ようやく、最奥にある扉の前までたどり着いた。

りぃん、りぃん、りぃん、りぃん……！

銀の鈴が、音を激しく鳴らす。

「ここに親玉がいるとみて、まちがいないようだ」

「ええ」

鋳鉄製の赤く錆びた扉からは、まがまがしさしか感じない。この先に、いったいなにがあるというのか。観音開きの扉には、鍵が掛かっているようだった。

「僕に任せて」

人の姿に戻り、針金を差し込んで解錠でもするのか。そう思っていたが、装二郎は黒狐の姿のまま姿勢を低くし、体当たり。一撃で、扉が開く。

扉の向こうには、二名の男性の姿があった。そのうちのひとりは、敦雄である。

いったいここでなにをしているのか。

それよりも、大きな水槽の中身に絶句する。赤い水の中に、人の手足や胴、頭を縫い付けてつくった塊がぷかぷかと浮いていたのだ。

姿形はなんとも表現しがたい。肉団子と言えばいいのか。体をバラバラにちぎって、丸めたような形である。大きさは、五米突くらいか。人々の死体を寄せ集めてつくった化け物が登場する物語を思い出す。だが、あちらはまだ人の形を保った化け物だった。事実は小説よりも奇なり、などという言葉もある。物語の世界よりも、現実のほうが残酷で摩訶不思議なのだろう。

「こ、これは――」

「鬼と呼ばれるものを、つくっているのだよ」

四十前後の男が言葉を返す。まりあや装二郎の登場に、まったく動じていなかった。

「あのお方は、帖尾家の！」

その顔には、見覚えがあった。まりあの父親の古い知り合いで、没落後は仕事を斡旋してくれた親切な紳士。敦雄を咎めるように見たが、彼の視線は宙にあった。目つきが、いつもと異なる。ぼんやりしていて、心ここにあらず、というふうに見えた。

にいる!?」

「君達、ここで、なにをしているんだ？　化け物に襲われた被害者達はいったいどこ

「どこって、背後の水槽以外にいると思っているのか？」

帖尾の言葉に装二郎は耳と尻尾をピンと立て、グルグルと低く唸る。戦闘態勢だ。

まりあも、仕込み刃を引き抜いて構える。

「ずっと、貴殿らを待っていたんだよ」

「僕と、まりあを？」

「そうだ！　我が帖尾家は、千年も昔から鬼をつくるために奔走していた。一度、成功しそうだったのに邪魔する者が現れた」

それが、癒城家の主だったという。

「鬼は、国家を守る最強の守護神となる。それなのに、あの男がしゃしゃり出てきたんだ！」

表だって断罪したかったが、鬼がなにを使ってつくられているか、御上に知られたら逆に帖尾家が処罰される。

口封じもしないといけない。そこで帖尾家は術式でつくった天才陰陽師、芦名を利用することにした。諜報活動をさせるために、陰陽寮に潜入させていたのだ。化け物退治で活躍したように見せかけた芦名の言葉を、皆信じた。癒城家の者達を追い詰め、

一家凋落に追い込むことに成功したのだ。

芦名は人ではなく、ただの術式だった。そんなものに、癒城家はまんまと陥れられてしまったのだ。芦名という存在は、悪意の塊でしかない。呪いと言っても過言ではないのだろう。

「それでも、我らが先祖は納得しなかったらしい」

再び鬼をつくる計画を練った際に挙がったのは、癒城家の家臣団を使うということ。

癒城家に近しい親族の処刑はできたものの、何千といる家臣団までは殺せなかったのだという。

「それから鬼をつくろうと奮闘していたが、出来のよいものはできなかった——」

そうこうしているうちに、素材入手の失敗が続く。邪魔する勢力が現れたのだ。

「それが、お前達山上家だった」

あやかしを匿い守っていた山上家が、癒城家の系譜だと判明するのに時間はかからなかったようだ。

ただ、同じように陥れようとしても山上家の者達は尻尾を見せない。何年、何百年と経ち、そんな状況で最高の素材を発見した。

「久我まりあ、お前だ」

「わ、わたくし？」

「生まれ持った美貌に、頭脳、戦闘力、たぐいまれなる陰陽術の才能──鬼をつくるにふさわしい、とっておきの素材だ」

帖尾家の者には、『心眼《しんがん》』と呼ばれる、相手の能力を見抜く異能を持つ者が生まれるという。帖尾も、そのひとりだった。そのため、まりあの能力に、誰よりも早く気づいたわけである。

一刻も早くまりあを手に入れたい。そう決意し、旧知の仲だったまりあの父親に頼み込んで結婚するつもりだった。けれども、うまくいかなかったのである。

結婚は、まりあの父親から断られてしまった。

「人は、呪いの札で操れる。しかしながら、万能ではない。お前の父親のように、能天気な人間には効かないのだ」

まりあの誘拐を試みるも、まりあ自身が用心深かった。何度も仕掛けたものの、成功しなかったようだ。

「わたくし、誘拐されそうになっていましたのね」

「いや、気づかないうちに回避しているの、強すぎるよ」

どうしてもまりあが手に入らないので、帖尾は次の手に出る。それが、久我家を没落に追いやることだった。

「娘が手に入らず、むしゃくしゃしていたのもあったが、久我自身、他人を恨んだり、画策を探ろうとしたりと、受けた理不尽に対してやり返さないような腑《ふ》抜《ぬ》けた男だった。だから、都合がよかったのだ」

まりあと、横領した資金の両方が手に入る。すばらしい作戦だった。十年以上時間をかけて、久我家を没落に追いやる準備をしていたらしい。

そうしてついに、久我家は没落した。あとは、まりあを手にするだけ。けれども、事態は思いがけない方向へ傾く。まりあが山上家へ輿入れしたのだ。

「僥倖《ぎょうこう》だと思った。まとめて、素材にしてやればいいと」

そう言ったものの、帖尾の表情は怒りで満ちていた。十年掛けた計画が空振りし、腹立たしかったのだろう。

帖尾は次なる手を打つ。敦雄と契約を交わし、徹底的に利用しようと。敦雄に政府直属の機関に地位を与えるのと引き換えに、まりあと接触して情報をかき乱す役割を担わせていたようだ。

「まあ、あやつも頑固者でな。意識を混濁させた状態じゃないと、すべての命令を聞かなかった」

まりあは今一度、敦雄を見る。ぼんやりしていて、目の焦点が合っていなかった。おかしい。いつもの彼ではない。まりあは目を眇め、敦雄を見つめる。すると、彼の額に札が見えた。化け物となったあやかしに貼り付けられていたものと似た、札である。敦雄はすべてにおいて、手を貸したわけではなかったようだ。一部、操られていたのだ。

「この男も、権力に固執しておった。まあ、次男だから仕方がないがな」

家を継ぐのは長男である。次男以下は、財産すら手に入らない。敦雄は、まりあと結婚して伯爵家の爵位と財産を手にする予定だった。しかし、久我家の没落により輝かしい将来から引きずり落とされてしまう。

そんな中で、帖尾から甘言を聞かされたのかもしれない。気の毒としか言いようがなかった。

あやかしだけでなく人も操っていたとは。ここで、まりあは気づく。

「まさか陰陽師も操って、被害者をここに連れ込んでいましたの？」

「まあ、そんなところだ。おかげで、最高の鬼が完成しそうだ」

ちらりと、帖尾は背後の不気味な水槽を振り返る。

「千年前、強力な武士や巫女の肉や血を混ぜて、鬼は完成直前までに至った。だが、これまで鬼をつくるのに失敗していたのは、核となる素材がなかったからなのだ」

まりあと装二郎、ふたりの血肉を混ぜたら最強の鬼は完成する。帖尾は自信たっぷりに計画を暴露してくれた。

「これから、我が国はどんどん力を付けていくだろう。さすれば、世界の脅威となって侵略を受けてしまう。鬼は、外敵と戦う救世主となるだろう――」

大きな力を持つ者が帝国の頂点に立つべきなのだと、帖尾は自らの意見を語る。

「御上ですら、鬼を持つ帖尾家にひれ伏すにちがいない!!」

千年前とは異なり、帖尾家の当主に御上への忠誠心はないようだ。加えて、少々お喋りである。それが仇となった。

彼は喋りすぎた。その間に、装二郎の香の術が完成する。装二郎は唸るような低い声で呪文を呟いた。

「香の術――雲濤煙浪《うんとうえんろう》」

その瞬間、大きな波が帖尾と敦雄に襲いかかる。

「な、なんだ、これは!?」

「ううっ！」

それは、香から漂う煙がつくり出した幻の海。

波は高く上がり、対象者を海の底へと呑み込んでしまう――ように錯覚させる幻術である。香をすべて燃やさないと使えない術式らしい。

展開は難しいかもしれない。ここに来る前に装二郎はそんなことを言っていたが、帖尾がお喋りなおかげで展開できたのだ。

帖尾と敦雄は苦しそうにもがいていた。まず、装二郎は黒狐の姿のまま敦雄に飛びかかって、口に銜えていた昏倒の香り袋の香を嗅がせた。敦雄はびくんと体を痙攣《けいれん》させ、その場に倒れる。

次は帖尾だ。彼は装二郎が飛びかかる直前、カッと目を見開く。

「お前ら、覚えていろよ！　この計画など、氷山の一角に過ぎない！」

叫んだあと、意識を失って倒れた。しんと静まり返る。それも一瞬であった。

「おおおお、おおおおおおおおお！」

白目を剝いた帖尾が立ち上がり、耳をつんざくような甲高い叫びを上げた。

「な、なんですの!?」

「呪術だ！　意識の昏倒と共に、発動するように仕掛けていたのかもしれない！」

装二郎は後退し、まりあを守るように立ちはだかる。

「お、おおお……き、きいいいいいいい！」

口から、ドロドロとした赤い固形物を吐き出す。羊膜《ようまく》に包まれた赤子のように見えた。大蛇のように細長く、気持ちが悪い。

帖尾は再び、その場に失神し倒れた。装二郎は九十九尾の黒狐の姿から、人の姿へと転じた。

正体不明の敵なので、接近戦よりも香を使った遠隔攻撃のほうがいいと判断したのだろう。貝殻の形をした陶器の香炉を取り出し、中に収められていた香に火を点す。

「香の術――煙滅《えんめつ》！」

煙が刃となり、細長い化け物を襲う。だがしかし、攻撃はぬめりに弾かれてしまった。まりあが放った水の呪符も効果がまったくなかった。化け物を閉じ込めた水球はすぐに破られてしまう。

そうこうしているうちに、化け物が姿を変える。手足が次々と生えて、百足《むかで》のような姿となった。

「まさか、化け物を体内に呑み込んでいたなんて」

「信じられません」

暢気に会話をしている場合ではなかった。百足が襲いかかってくる。

最初の標的は、装二郎のようだ。

「うわ、気持ち悪っ！」

羊膜に包まれたようなぬめりはそのまま。ねちょねちょと、生理的に受け付けない音を鳴らしながら接近してくる。

まりあは仕込み刃を振り上げ、百足に向かって斬りつけた。だが、表面は弾力があり、刃がまったく通らない。

「なんですの!?」

百足が口から吐き出す液体は、溶解液のようだった。触れたものを次々溶かしていく。呪符を銜えたコハルが接近しようとしたが、溶解液を噴射させるので近づけなかった。こちらの攻撃が、なにもかも通用しない。

「まりあ！　なにか、化け物を操る札のようなものはない？　この百足は僕がしばらく引きつけておくから、調べてくれるかな」

こうなったら、まりあの魔眼頼みである。まりあは百足から距離を取り、じっと見つめた。カッと瞳が熱くなり視界が霞む。急に目眩も覚えた。が、ここで倒れるわけにはいかない。

これまでは、見えやすいところに札が貼られていたが、今回はわかりにくいところに弱点があるのだろう。

百足の核となるものを、見せろ！　そう強く、強く念じた。

その場に立っていられず、まりあは膝をつく。それでも、見ることはやめなかった。

一か所だけ、チカ、チカと光る場所があった。尾である。

それから、火という文字が目の前に浮かんだ。おそらく弱点なのだろう。

「装二郎様、弱点は尾です。それから火に弱いと」

「わかった」

反撃開始である。装二郎は新たな香を取り出し、マッチ箱の側薬《そくやく》に頭薬《とうやく》を擦り付けて火を熾した。円錐形の香の先端に火を点け、ふっと息を吹きかける。

煙が漂う中で、呪文を唱えた。

「香の術——煙火《はなび》」

尾のほうへ向かった煙が発火した。先ほどとは異なり、百足は苦しむような動きを見せる。まりあは清白に呪符を銜えさせ、コハルの背中に乗って百足の尾に貼り付けるよう命じた。

清白は百足の放つ液体をするする避け、呪符を貼り付けてくれる。清白とコハルが撤退したのを確認したあと、まりあは叫ぶ。

「爆ぜろ——熾火！」

呪符が火に包まれ、弾ける。

百足は8の字を描くようにウゴウゴと動き回った。攻撃が効いているのだろう。

しかしながら、せっかく負わせた傷を羊膜が覆う。

するとたちまち傷が治ってしまった。

「げ、もしかして、自己再生能力!?」

「なんてこと！」

火に弱くともすぐに回復してしまう。ゆゆしき問題である。

落ち着け、冷静になれ。まりあは必死に言い聞かせる。

もう一度、装二郎は香の術を試す。百足は苦しむ様子は見せているものの、すぐに再生してしまうようだ。

「よし、まりあ、わかった！」

「な、なにがわかりましたの？」

装二郎は九十九尾の黒狐の姿になると、目にも留まらぬ速さで接近する。

「まりあ、僕に乗って！」

「え、ええ!?」

「今から、爆煙をまりあの剣にまとわせる。その状態で百足に接近するから、まりあは僕の背中から斬りつけるんだ」

「ああ、なるほど。そういうわけですね」

夫婦初めての、共同作業というわけである。異国の結婚式では新郎新婦が一緒にナイフを握り、婚礼菓子に刃を入れるという。それと、似たようなものなのか。

まりあは装二郎に跨がる。ふわふわとした背中は、乗り心地がいい。なんて、思っている場合ではなかった。

まりあが刃を構えると、装二郎が呪文を唱える。

「香の術――煙火」

刃が煙をまとい、発火する。ごうごうと燃えていた。

「まりあ、行くよ！」

「はい！」

片手で装二郎の毛を握り、片手に柄を握る。燃える刃で、百足の尾を斬りつけた。

「地獄に、墜ちてくださいませ!!」

火をまとう刃が百足の尾を両断する。切り口から呪符のような紙切れが見えた。それすらも燃やして炭と化す。

と、百足の体はボロボロと崩れていき、欠片さえも残らなかった。

「や、やった？」

「え、ええ」

装二郎の首をまりあはぎゅっと抱きしめた。ふわふわでいつものいい匂いがする。

と、勝利に酔いしれている場合ではない。

まりあは装二郎の背中から下り、そこに落ちていた縄を拾い上げる。

「あ、待って、僕がやる」

人の姿に戻った装二郎が、縄を受け取って帖尾の手足を縛る。

「あ、こいつ、体がやわらかいな」

体を折り曲げ、手足を一か所に集めて縄で縛った。

「その体勢、大丈夫ですの？」

「大丈夫、大丈夫」

続けて、敦雄も縛った。ふうと息をついたとき、バタバタと足音が聞こえた。

「帝国警察だ！　全員、大人しくしろ！」

なにもかも終わったあとでの帝国警察の突入。おそらく、装一郎が通報したのだろうと装二郎は呟いた。

それから、まりあと装二郎は帝国警察の警官に同行し、事情聴取を受けることとなった。

街中で元婚約者である敦雄を発見し、普通ではない様子だったのであとを付けたと事情を話したら、早々に解放されたけれど。

あとは、帝国警察に任せておけば安心だろう。

✿

千年もの戦いは、終結したのか。まだ、わからない。

帖尾が諸悪の根源であるかどうかは、これから調査される。

帝国警察の局長だった花乃香の父は、今回の事件を受けて辞任の意思を示した。しかしながら、周囲が猛烈に引き留めたため、継続するようだ。

帖尾は終身刑となった。殺された者達や親族は、絶対に彼を許さないだろう。人生をかけて、罪を償うこととなるのだ。

帖尾に協力した敦雄は禁固三年の刑が処される。通常ならば十年以上の刑罰だが、帖尾に操られていたというまりあの証言もあり、情状酌量の余地があると見なされたようだ。個人の罪だということで、実家の爵位が奪われることもなかった。

陥れられた久我家の名誉も回復する。取り上げられた爵位に財産、屋敷はすべて返還された。

まりあの両親も、下町のあばら屋から住み慣れた洋館に戻ってきた。

なにもかも、元どおり。まりあはほっと胸を撫で下ろした。

ただ、帖尾が言った「この計画など、氷山の一角に過ぎない！」というひと言が引っかかっている。いったいなにを示唆していたのか。

けれども、装二郎と一緒ならば、困難も打開できる。そんな気がしてならなかった。

まりあと装二郎は山上家の本家に呼び出された。前回同様、広い畳の部屋の下座に夫婦並んで正座する。

装一郎は今日も、偉そうな様子でやってきた。ただ、次の瞬間、思いがけない行動に出る。座布団の上に正座して、深々と頭を下げたのだ。

「装二郎、まりあ嬢、ふたりの奔走と活躍に深く感謝申し上げる」

装一郎に続き、親族も頭を下げた。

「えー、なにこれ、なんかいい景色」

「装二郎様、こういうときは、とんでもない、頭を上げてくださいと言うものでは？」

「昔から礼儀知らずなんだよなあ、僕」

本当にいい性格をしている。だが、常識に囚われない装二郎だからこそ、まりあは強く惹かれたのだろう。

顔を上げた装一郎は淡々と決定事項を口にする。

「今後、山上家の予備と花嫁についての慣習は撤廃《てっぱい》する」

それを聞いた瞬間、装二郎とまりあは双方見つめ合う。そして互いの手を取り、喜びを露わにした。

装二郎が懐から古めかしい紙を取り出した。それは、予備の死を以て、九十九尾の妖狐を輪廻転生させる呪いだという。それを皆の前で破り、蠟燭の火で燃やした。

「あ――！」

装二郎の体から、九十九尾の妖狐が出てくる。他のあやかしのように実体ではなく、半透明だった。

「ふん、愚かな一族よ」

それだけ呟き、姿を消した。装二郎は予備の呪いから解放された。若くして命を落とすこともなくなったのだ。

ふと、まりあは疑問に思った。普段、装二郎は九十九尾の妖狐の力を用いて変化している。

「ということは、装二郎様は黒狐の姿になれなくなったということですの」

「そうなのかな？」

装二郎は変化の術を試す。すると、黒狐の姿へと転じた。

「え、これは、どういうこと？」

「九十九尾の妖狐が、お前に変化の力を残していったのかもしれない」

「そ、そっかー」

そんなわけで、山上家の長年の遺恨どころか装二郎を取り巻く問題も解決した。

まりあと装二郎は手と手を取り合い、あやかし達の待つ屋敷に帰る。

玄関を潜ると、狐や狸、化け猫や川獺のウメコがこぞって出迎えた。

「おかえりなさい、装二郎様、まりあ様！」

その言葉に、夫婦ふたりは笑みを浮かべ、「ただいま」と返したのだった。

季節は巡り、桃の花が満開となる頃。珍しく、装二郎が大声を張り上げる。

「え、なにそれ、聞いてないんだけれど!?」

問いかける相手は、山上家からやってきた親族のひとりだ。結婚のための書類を持ってきてもらうはずだった。

装二郎とまりあは晴れて正式に夫婦となる予定だったが、想定外の障害が言い渡される。

「華族は、長男の結婚から順に認められます。そのため、装二郎様とまりあ様が正式な夫婦となるのは、装一郎様の結婚後となります」

「装一郎め！　もう、藤と結婚しちゃえばいいじゃん！」

山上家の当主である装一郎に恋する少女、藤。だが、彼女は十四歳。女性は十五歳にならないと結婚できないので、無理な話である。

装二郎に睨まれた親族の男は、気の毒なことに額に汗を浮かべていた。当主である装一郎ほどではないが、装二郎も相手を萎縮させるような空気を放っているときがあるのだ。

「えー、そのため、まりあ様には、もうしばらく、契約花嫁で居続けて、いただきたいな、と」

「わたくし、結婚適齢期を過ぎてしまうのですが」

帝国華族に生まれた女性の結婚適齢期は、十六から十九歳まで。

まりあはこの春に二十歳となる。装一郎の結婚相手は候補ですらひとりもいないというのに。まりあと装二郎の結婚までの道のりは、遠いように思えた。

親族の男が帰ると、装二郎は素早くまりあの手を握って頭を下げた。

「まりあ、ごめん！　もう少しだけ、待ってくれる？」

「どうしましょう」

「え!?」

「なにか、わたくしに見返りがあればいいのですが……」

装二郎はしばし考え、まりあへの見返りを提案する。

「じゃあ、黒狐の姿のとき、尻尾を自由に触ってもいいから」

「うーん」

「え、ダメ？　ちょ、ちょっと待って。ほか、ほかに——ないか。僕が、まりあに与えられるものなんて」

「ありますわよ」

「なに？」

まりあは装二郎の手を包み込むように握り返し、願いを口にした。

「装二郎様の、愛をくださいませ」

「そんなので、いいの？」

「はい」

「まりあ、ありがとう」

装二郎はまりあの体をそっと抱きしめる。幸せな気持ちが、じわじわと全身に広がっていった。

一度離れ、見つめ合う。まりあが瞼を閉じると、ふたりの影が重なる。

そっと唇が触れあった。思いは、ひとつとなったのだ。

これからも、まりあの契約花嫁生活は続く。本当の花嫁になれるのはいつなのか、わからない。それでも、幸せであることに変わりはない。

なにがあっても、装二郎と共に手を取り合えば、解決できないものはないだろう。

そう、確信していた。

番外編

清浄心身——山上装二郎は、光ある道に導かれて

古くより、山上家には双子の男児が生まれる。

最初に生まれたほうが、一族の次代を担う「継承者」。二番目に生まれたほうは継承者の代わりとなる「予備」。

予備は継承者を守るため、何代も犠牲となった。そんな運命を、予備は嘆かない。彼らは継承者を守るため、自我を持たないように躾けられていたから。

予備として生を受けた山上装二郎も、これまでと同じようにそうなるはずだった。

ここ何代か、当主の早死にが続いた。呪いではないかと調べるも、原因不明。

九十九尾の妖狐が反旗を翻しているのではないか、などという声も上がった。けれども、それはありえない。九十九尾の妖狐は、山上家と運命を共にする存在だから。

よからぬ発言をする者もいた。これまで死んでいった予備の呪いではないかと。これまで、山上家は予備を人と見なさず、無情にも切り捨ててきた。それが仇となっているのではないか、と。

ありえないと言いながらも、山上家は神職の者を頼り、祈禱と神楽を捧げた。もはや、神頼みしかなかったのだ。

そうして生まれた男児は、これまでになく健康だった。

生真面目で勉強家の装一郎は、将来立派な主となるだろうと、親族の期待を背負う。

一方で、予備として生まれた装二郎は、これまでの予備に比べてのびのびと育てられた。予備の呪い云々を、結局は気にしていたのだ。けれども、装一郎と同等に扱われることはない。彼は予備だから。

賢い装二郎は、幼い頃からわきまえていた。でしゃばらず、自分を押し殺し、装一郎の身代わりとして淡々と過ごす。

装一郎はいつもいつでも光ある場所に立ち、たくさんの人々に囲まれていた。一方、装二郎の周囲には誰もいない。暗い屋敷に、ぽつんと取り残されていた。

けれども、装二郎は孤独ではなかった。闇と共に生きるあやかしが、優しく侍っていたから。

光など、必要ないと思っていた。

運命の女性——久我まりあと出会うまでは。

まりあと出会ったときの記憶は、強烈であった。まず、強い瞳に心奪われる。凛としていて、誰にも屈しないという意思がこれでもかと伝わってきた。加えて、この世の光という光が彼女に降り注ぎ、輝いているように見えたのだ。

胸が苦しいくらいドキドキと高鳴り、視線は離せず、今すぐにでも胸に抱きしめたくなる。装二郎は生まれて初めて、強烈なまでに他人を求めていた。

これまでの人生は、暗闇を歩くようなものだった。けれども、彼女に出会った瞬間に、装二郎の周囲は眩いくらい明るくなる。

これが、継承者の花嫁を選ぶ予備の呪いなのか、わからない。

夜会で出会った衝撃で、ぼんやりしていたのだろう。ついつい、装二郎と名乗ってしまった。それほど衝撃的な出会いだったのだ。

なにがなんでも手に入れようと思っていたのに、彼女は装二郎から逃げる。危険を感じて回避しようとしたのかもしれない。一瞬で判断し、行動に移したのだ。ますます、惹かれる。

すぐに捕まえられると思っていたのに、彼女はとても健脚であった。なんてすばらしい女性なのかと、惚れ惚れしてしまう。

予備である装二郎は、この世のありとあらゆるものに執着しなかった。ひたすら、装一郎を真似、もうひとりの彼であろうとしていたのだ。

自分という意思はないと思っていた。それなのに今、装二郎はひとりの女性を強く欲している。このような感情は初めてだった。

頬を叩かれた瞬間、彼女の生を感じる。容易に屈しない、強《したた》かな娘だと思った。

心を強く揺さぶられた。生まれて初めての経験だった。

装二郎はまりあを、装一郎の花嫁として選んだ。利害の一致という形で、まりあも承諾してくれた。これから一年間、装二郎は彼女の適性を見なければならない。

彼女以上に、山上家に嫁入りする者としてふさわしい者はいない。今すぐ輿入れしても問題ないだろう。

これ以上一緒にいたら、離れがたくなることはなんとなくわかっていた。そのため、契約は必要ないのではと装一郎に提案する。

けれども、装一郎はこれまでどおり、一年の契約期間をおきたいと言う。装二郎は従うほかなかった。

婚約期間中、まりあと文通をする中で、装二郎の想いは日に日に募っていった。まりあは両親を大事に思う娘で、装二郎にも優しかった。いつしか、まりあとの結婚生活を楽しみに思うようになる。

一年後――装一郎とまりあが結婚し、子どもが生まれたら、装二郎の命は散る。

大丈夫、わきまえている。そう言い聞かせるも心が悲鳴を上げていた。まりあがやってきてからもずっと、心は叫んでいる。まりあが欲しい、と。

こんなに苦しい思いをするならば、出会わなければよかった。あの日、どうして出会ってしまったのか。藤のせいだと従妹に責任をなすりつける。

日に日に思いが募った結果、装二郎は決意する。まりあが装一郎に嫁ぐ前日に、命を絶とう。まりあの目の前で死んでみせたら、一生彼女の心の傷として残るだろうか。

なんて残忍極まることまで考えていた。

自らの胸を突くための短刀を研いでいたら、ウメコが暗闇より現れる。彼女が、耳元で囁いた。これまでも予備の一部は、継承者の花嫁に恋して辛く思うあまり自害していた、と。

どうやら、装二郎はかつての予備と同じ道を歩もうとしていたようだ。

ウメコは続ける。あなたは大丈夫ですから、と。

大丈夫なものか。そんな言葉と同時に涙が溢れた。継承者のために選んだ花嫁が予備を選ぶわけがない。ありえないことだ。

得意の嘘だろうと言っても、ウメコは首を横に振る。装二郎はウメコの言葉を信じられないほど、追い詰められていた。

今すぐ胸を突いて、この世からいなくなりたい。装一郎と並ぶまりあなんて見たくなかった。けれども、それは許されない。それに、彼女との短いひとときを一秒でも長く過ごしたかった。

呪いはどうして、予備に心を与えたのか。自分がなにも感じない人形だったらよかったのにと、装二郎は自身の中にいる九十九尾の妖狐までも責め立てた。

まりあは魔眼持ちの娘だった。装一郎に報告すると、すぐに本家に連れてくるよう命じられる。とうとうこの瞬間がやってきた。まりあは近いうちに装一郎の花嫁となるのだろう。

心にぽっかりと、穴が空いたように感じる。恋がこんなに辛いなんて、どの書物にも書いていなかった。

以前までは、まりあの前で死のうとしていた。けれど、今はちがう。どこか誰も人がいない場所で静かに息を引き取ろう。そんなふうに考えていた。

まりあと共に過ごし、暮らしていく中で、装二郎の中にあったほの暗い感情が驚くほど浄化されていたのだ。

まりあは月のように凛としているのに、太陽のように温かい。そういう不思議な娘だった。

幸いと言えばいいのか、装一郎は嫌な男ではない。一族の長となるために育てられたので、多少は偉ぶったところがある。けれども、根は誠実な男だ。きっと、まりあも装一郎を愛すようになるだろう。

なんて思っていたのに、まりあは想定外の言動に出る。

結婚するのは装二郎ではなく、装一郎。そう知らされたまりあは、装二郎のもとへとやってきて、装一郎との結婚を拒絶した。

なんてことだ、ありえないだろう。なんて叫び出したくなったが、ぐっと堪える。

継承者でなく予備を選ぶ花嫁など前代未聞。けれども、まりあは我を通す。装二郎と結婚できないのであれば、魔眼の能力は使わないとまで言い出した。

なんて強い娘なのか。まりあは毅然と叫ぶ。

——あやかしの命も、装二郎様の命も、わたくしが守ります！

その言葉を聞いたとき、まりあに頬を叩かれたときと同じ衝撃を覚えた。まりあは生命力にあふれた娘である。それに、いつの間にか装二郎も引きずられていた。

なにがなんでも、彼女のために生きなくてはと思い直す。

こうして、まりあは予備である装二郎を選んだ。山上家の歴史の中でも、ありえない出来事として記録されるだろう。山上家の者達からは非難《ひなん》囂々《ごうごう》であったものの、知ったことではない。

まりあは、装二郎と生きると決めている。振り払っても、彼女は何度も手を伸ばすのだ。

暗闇の中でもがいていた装二郎を、まりあは優しく導く。

向かう道は、光で満ちあふれていた。

主な参考文献

『まじないの文化史―日本の呪術を読み解く（視点で変わるオモシロさ！）』　新潟県立歴史博物館監修　河出書房新社
『古代天皇と陰陽寮の思想―持統天皇歌の解読より』　江口洌著　河出書房新社
『日本の呪い―「闇の心性」が生み出す文化とは』　小松和彦著　光文社
『魔除けの民俗学 家・道具・災害の俗信』　常光徹著　KADOKAWA
『陰陽師たちの日本史』　斎藤英喜著　KADOKAWA／角川学芸出版
『種類と特徴がひと目でわかる　香木のきほん図鑑』　山田英夫著　世界文化社
『和の香りを楽しむ「お香」入門』　山田松香木店監修　東京美術
『華族令嬢たちの大正・昭和』　華族史料研究会編　吉川弘文館
『華族 近代日本を彩った名家の実像』『歴史読本』編集部編　KADOKAWA／中経出版

本書はフィクションであり、実在の人物および団体とは関係がありません。

帝《てい》都《と》あやかし屋《や》敷《しき》の契《けい》約《やく》花《はな》嫁《よめ》

江《え》本《もと》マシメサ

2021年6月5日初版発行
2021年6月22日第2刷

発行者……………千葉 均
発行所……………株式会社ポプラ社
〒102-8519 東京都千代田区麹町4-2-6

フォーマットデザイン 荻窪裕司(design clopper)
組版・校閲 株式会社鷗来堂
印刷・製本 中央精版印刷株式会社

ポプラ文庫ピュアフル

ホームページ www.poplar.co.jp

N.D.C.913/284p/15cm
ISBN978-4-591-17026-7
P8111312

ポプラ文庫ピュアフルの好評既刊

もふもふ仲間と、王妃のために奮闘！
中華風後宮ファンタジー

江本マシメサ
『七十二候ノ国の後宮薬膳医
見習い陶仙女ですが、もふもふ達とお妃様の問題を解決します』

装画：きのこ姫

見習い仙女は百年間、人間界で人を幸せにしながら徳を積むと一人前になれる。桃香は陶器の声を聞く修行中の陶仙女で、七十二候ノ国にて満腹食堂を営んでいた。だが、火事で店が焼失。常連で後宮の御用聞きでもある陽伊鞘に助けられるが、料理の腕を見込まれ後宮付きの薬膳医になる羽目に。さらに後宮に入るためには伊鞘と契約結婚する必要があって……？もふもふの仲間たちと王妃たちの病を治すために奮闘する、中華風後宮小説。